Un bébé royal

JADESOLA JAMES

Un bébé royal

AZUR

HARLEQUIN

Collection : Azur

Titre original :
THE ROYAL BABY HE MUST CLAIM

HARPERCOLLINS FRANCE
83-85, boulevard Vincent-Auriol, 75646 PARIS CEDEX 13
Service Lectrices — Tél. : 01 45 82 47 47 - www.harlequin.fr
ISBN 978-2-2804-8388-9 — ISSN 0993-4448

Composé et édité par HarperCollins France.
Imprimé en janvier 2023 par CPI Black Print (Barcelone)
en utilisant 100% d'électricité renouvelable.
Dépôt légal : février 2023.

FSC
www.fsc.org
MIXTE
Papier issu de sources responsables
FSC® C159065

Pour limiter l'empreinte environnementale de ses livres, HarperCollins France s'engage à n'utiliser que du papier fabriqué à partir de bois provenant de forêts gérées durablement et de manière responsable.

1.

— Objectif atteint ! s'écria joyeusement Tobi, la petite sœur de Kemi Obatola, une vingtaine de minutes après leur entrée au Café Abuja.

Au comble de l'excitation, la jeune fille de dix-neuf ans dansait d'un air ravi en se déhanchant sur ses hauts talons incrustés de strass.

Physiquement, les deux sœurs se ressemblaient comme deux gouttes d'eau. Elles avaient la même silhouette, un visage aux joues désespérément rondes malgré le blush, une magnifique peau d'ambre foncé et des yeux très noirs. Mais leurs personnalités étaient très différentes. Calme et distinguée, Kemi avait des manières presque réservées, inculquées par sa défunte mère et une kyrielle de belles-mères. Au contraire, Tobi était un vrai feu follet, que son aînée avait parfois bien du mal à surveiller et canaliser.

Ce soir en particulier.

Elle la rappela à l'ordre d'un ton las.

— Tobi. Un verre, pas plus. Ensuite, nous rentrons.

— Cela fait une semaine que nous préparons notre escapade ! protesta Tobi. Il n'est pas question de rentrer au bout d'une heure.

Kemi faillit perdre l'équilibre quand sa sœur la prit par les épaules pour la supplier.

— Regarde ! L'endroit est idéal pour s'amuser. Nous

sommes de sortie, *biko*. Nous avons réussi. Nous nous sommes échappées !

Malgré une peur et une appréhension diffuses, un frisson d'adrénaline parcourut Kemi.

Nous nous sommes échappées. Depuis quand n'était-elle pas sortie avec une telle sensation de liberté ? Et, avec Tobi, tout paraissait *magique*. Elles avaient revêtu à la hâte les robes et les chaussures achetées dans l'après-midi, commandé des gâteaux et du champagne dans leur suite luxueuse, et soudoyé leurs gardes du corps avec une facilité incroyable.

Les deux sœurs accompagnaient leur père, l'oba de Gbale, à Abuja, où il participait à une réunion de chefs et de rois locaux. Il devait prendre la parole pour un exposé sur les progrès de l'éducation des filles et les parcours exceptionnels de jeunes femmes talentueuses dans le pays. Connu pour son conservatisme et la sévérité de ses méthodes éducatives, il voyageait peu et les autorisait encore plus rarement à le suivre. À une époque où les femmes couraient le monde et exerçaient des carrières prestigieuses, leur père semblait figé dans un comportement rétrograde, mais elles n'avaient d'autre choix que de lui obéir.

— Nous sommes quasiment prisonnières, comme si nous vivions dans une secte, déclara Tobi avec fougue.

C'était vrai. Des caméras de surveillance enregistraient leurs moindres faits et gestes. Elles ne disposaient d'aucun argent propre et ne pouvaient pas se déplacer sans l'autorisation du roi. La fuite était inenvisageable. Où aller lorsqu'on était une princesse gâtée qui avait passé toute son enfance sous bonne garde, enfermée à double tour dans une cage dorée ? Leur père ne manquait jamais de leur raconter toutes sortes d'histoires horribles, de femmes violées ou réduites en esclavage parce qu'elles avaient été assez sottes pour s'aventurer au-dehors sans protection.

— Le Nigeria n'est plus comme avant, déclarait-il en enveloppant Kemi d'un regard inquiet.

Malgré tout, ce n'était pas un méchant geôlier. Ses filles avaient tout ce qu'elles voulaient, des belles robes, des bijoux, des mets raffinés… mais pas la liberté.

D'ailleurs, après tout ce qu'elle lui avait fait endurer, Kemi ne l'en blâmait pas.

À son habitude, Kemi était déterminée à secouer le joug des restrictions paternelles et ce voyage « éducatif » semblait l'occasion rêvée. Au bout d'une semaine à écouter sagement les allocutions du congrès et faire du shopping sous bonne escorte, Tobi avait persuadé Kemi de sortir avec elle en cachette.

— Si tu ne viens pas avec moi, j'irai seule, avait-elle menacé.

— Tobi !

L'idée de sa petite sœur faisant les quatre cents coups et s'exposant aux dangers de la nuit d'Abuja avait suffi à convaincre Kemi. Tobi avait donc puisé dans leur coffre à bijoux pour acheter la bonne conscience des agents de sécurité censés les surveiller.

Le chauffeur les attendait dans une voiture garée non loin du night-club, prêt à les ramener quand elles le souhaiteraient. Kemi détestait s'exposer en public. Heureusement, dans cette grande ville, personne ne savait qui elles étaient. Elles ne se différenciaient pas des autres jeunes filles qui se pressaient dans cet endroit à la mode, avides de s'amuser, danser et flirter.

Du moins l'espérait-elle.

Tobi avait bien choisi. Le club aux lumières tamisées, à la décoration dernier cri, figurait dans les meilleurs guides touristiques. Le lieu était bondé. Malgré la climatisation, il régnait une chaleur étouffante. Des petites tables rondes et des plantes vertes aménageaient l'espace restaurant, avec des banquettes en cuir le long des murs. Des odeurs d'alcool, de cigares et de parfums flottaient dans l'air, mélangées à des effluves de barbecue. Une immense piste de danse s'étendait jusqu'à un patio couvert, au fond duquel un orchestre se tenait sur une estrade. Un rythme de juju résonnait avec force, entraînant et irrésistible. Tobi n'avait jamais été aussi jolie. Ses grands yeux riaient et ses lèvres pulpeuses dessinaient une moue approbatrice.

— Cela me plaît, admit Kemi en rejetant ses tresses derrière ses épaules.

Elle adorait la musique et la danse, et le battement hypnotique de la batterie la gagna malgré elle.

— Allons au bar, suggéra Tobi.

Elles se faufilèrent dans la foule. Des couples et des groupes animés se pressaient aux abords du comptoir. Il y avait aussi quelques hommes seuls, qui se tenaient à l'écart en observateurs. Kemi leur jeta un coup d'œil inquiet.

Ils avaient l'air de prédateurs en train de guetter leurs proies.

Tobi rajusta son décolleté et commanda des gins tonic.

— Le chauffeur m'a donné assez d'argent pour deux verres chacune, chuchota-t-elle à sa sœur, en extrayant quelques billets de son minuscule sac à main.

L'estomac de Kemi se noua. Même si elles étaient dans un quartier chic, la nuit était tombée depuis longtemps et elles ne connaissaient pas Abuja, ce qui les rendait vulnérables. Elle serra sa pochette sous son bras et sursauta lorsque quelqu'un la bouscula.

L'homme marmonna une excuse, puis marqua un temps d'arrêt et lui sourit.

— Ce n'est pas grave, laissez-moi, lâcha-t-elle avec nervosité, un peu plus sèchement que nécessaire.

Il passa son chemin en haussant les sourcils.

— Kemi ! Il aurait pu nous offrir à boire ! s'écria Tobi sur un ton de reproche.

— Surtout pas !

Kemi but une longue gorgée pour essayer de se détendre.

— Tu ne vas pas commencer à me faire la morale !

lança Tobi. Je suis bien décidée à m'amuser et tu ne m'en empêcheras pas.

— Tobi…

— Non, coupa sa sœur en secouant la tête. Arrête de jouer les martyres, Kemi. Peu importe ce qui t'est arrivé. C'est de l'histoire ancienne et le comportement de papa est scandaleux, tu le sais parfaitement.

Des gouttes de transpiration perlèrent aux tempes de Kemi. Ni l'une ni l'autre n'avait fait allusion au passé, mais un nuage jetait une ombre sur leur escapade. Inconsciemment, Kemi se massa le bras.

La cicatrice, qui allait du coude à l'épaule, lui faisait parfois encore mal, même après tout ce temps. Le chirurgien qui avait extrait les fragments de balle logés dans les muscles et les os avait parfaitement réussi l'intervention, et une longue rééducation lui avait rendu l'usage de son membre. Mais des années à utiliser sa main gauche pour écrire et effectuer les gestes du quotidien ne s'effaçaient pas facilement. Elle éprouvait toujours une certaine gêne, comme si son corps se souvenait encore.

Son geste n'échappa pas à sa sœur.

— Tu as mal ?

Kemi secoua la tête. Pendant que Tobi poursuivait son bavardage, son esprit s'égara dans un souvenir lointain.

Trois balles.

Elle n'oublierait jamais. C'était une nuit comme celle-ci, pendant la saison des pluies. Elle portait une robe assez semblable à celle de Tobi. Aussi effrontée et aventureuse que sa sœur maintenant, elle avait escaladé le mur du palais pour retrouver ses amis. Quelle inconscience ! La pression du pistolet semi-automatique dans son dos l'avait brutalement dégrisée…

Non. Exhalant un long soupir, elle revint au moment présent sous le regard anxieux de sa sœur et força un sourire sur ses lèvres.

— *Oluwatobi Temitope Olufunmilayo Oluwadara Obatola*, dit-elle avec sévérité. Sois sage.

Déconcertée, Tobi hésita un instant avant d'éclater de rire.

— Promis !

Puis elle la prit par la taille et planta un baiser sur sa joue.

— Que cela ne nous empêche pas de prendre du bon temps. Nous allons trouver de charmants célibataires pour nous offrir des cocktails et nous inviter à dîner…

— Des célibataires ? Je parie que les trois quarts des hommes ici sont mariés.

Ignorant sa remarque, Tobi entraîna sa sœur vers le patio.

— Danse avec moi !

Kemi se détendit et se laissa aller aux sons envoûtants de la musique traditionnelle. Le chef d'orchestre lui adressa un clin d'œil. Une petite brise soufflait, rafraîchissant l'atmosphère. Le chanteur, de sa belle voix grave et caressante, interprétait une des ballades préférées de leur père.

— Tu vois que c'est une bonne idée ! cria sa sœur dans son oreille.

Souriant malgré elle, Kemi se mit à onduler doucement des hanches, en harmonie avec la mélodie. Autour d'elle, des corps se mouvaient en s'abandonnant langoureusement. Elle soupira et rejeta la tête en arrière, avec ses longues tresses dans le dos. Quel bonheur de ne plus penser à rien !

Finalement, Tobi avait raison.

Luke Ibru détestait les mondanités et les soirées organisées. Mais il lui fallait parfois s'acquitter d'obligations professionnelles envers ses relations d'affaires.

— Tu vas adorer ce club ! avait dit Jide Abalorin, l'un de ses plus anciens clients.

Richissime, Jide était venu en jet privé de Las Vegas afin d'établir un nouveau plan de sécurité pour l'une des nombreuses centrales nucléaires qu'il dirigeait aux

États-Unis. Grand amateur de musique africaine, il avait absolument tenu à fêter son contrat avec Ibru Enterprises dans un night-club branché.

— Qui sait ? Tu te trouveras peut-être aussi une petite amie !

— Je n'en ai pas la moindre envie, avait protesté Luke.

— Tu as tort. Il faut savoir se distraire !

Jide avait certainement une piètre opinion de Luke. Ce dernier s'en moquait éperdument, mais pour lui être agréable il avait consenti à passer une soirée dans cette boîte de nuit bondée, à boire du whisky local et manger un *suya* mal cuit.

— J'ai besoin de bouger ! lança Jide en se levant.

D'humeur décidément morose, Luke resta assis à observer les robes multicolores des femmes, comme autant de papillons voletant infatigablement. Cela faisait trois heures qu'il était là. Brusquement, il en eut assez et s'approcha pour prendre congé de Jide. À 10 heures passées, il avait rempli son devoir.

À trente-quatre ans, Jide n'avait pas l'air de se soucier du ridicule. Il sautait en agitant bras et jambes d'une manière assez grotesque…

Luke était resté marié tellement longtemps qu'il avait perdu l'habitude de prêter attention aux autres femmes. Il ne mettait jamais les pieds dans un night-club, sauf si ses clients lui réclamaient ce genre de distractions. En tout cas, il n'y prenait lui-même aucun plaisir.

Son divorce n'avait rien changé. Il était toujours aussi peu intéressé par les rencontres féminines, même éphémères ou épisodiques.

Tout à coup, à la périphérie de son champ de vision, une jeune femme attira son attention.

Indifférente à la foule, elle dansait au milieu des autres sans les remarquer, complètement abandonnée à la musique et concentrée sur l'orchestre. Plusieurs hommes tentèrent de se joindre à elle. Chaque fois, elle les repoussa, un peu timidement, mais avec fermeté. Certains essayèrent sans plus de succès d'engager la conversation. Elle était comme en transe ou en extase, dans son monde.

Luke se sentit attiré viscéralement. Quelque chose, en elle, le fascinait. Avec sa silhouette parfaite et ses longues jambes fuselées, elle aurait pu rivaliser avec n'importe quelle actrice de Nollywood. En même temps, malgré sa minirobe en lamé or, elle paraissait incroyablement discrète et réservée. Certainement pas à sa place au milieu de tous ces gens.

Elle avait une *classe* folle.

Jide le poussa du coude avec un sourire égrillard.

— J'ai fait une conquête, dit-il en montrant une femme qui se dirigeait vers le vestiaire. Apparemment, tu suis le même chemin ! Nous… allons chercher un endroit tranquille. Bonne chance, *oga* !

Embarrassé, Luke secoua la tête.

— Tu te trompes complètement ! Je ne…

— Allez, va lui parler ! C'est la première fois que je te vois intéressé par quelqu'un depuis…

— Cela suffit, coupa Luke sèchement.

Il y avait des sujets que même Jide n'avait pas le droit d'aborder.

À sa surprise, son ami le prit par les épaules. Il était probablement un peu ivre pour oser insister.

— Tu finiras par guérir et oublier, Luke, je t'assure. Il faut aller de l'avant et te tourner vers l'avenir.

Luke serra les dents. Si Jide n'avait pas été là dans les pires moments, il l'aurait envoyé au diable.

— Fais-toi plaisir, pour une fois, conclut Jide en lui tapant sur l'épaule.

Luke resta seul, la bouche sèche et le cœur battant. *Fais-toi plaisir.* Comme si c'était encore possible après ce qu'il avait vécu… Rien ne le consolerait jamais.

En outre, il n'avait aucun désir de changer.

Néanmoins, il ne bougea pas et continua à regarder la jeune fille.

À la fin d'un morceau, quelqu'un, de nouveau, l'accosta. De stature imposante, plus difficile à éconduire que les autres, il lui barrait le passage. Elle recula jusqu'au bord du patio. Coincée là, elle jeta un regard inquiet alentour et son compagnon indiqua le bar avant de s'éloigner, manifestement pour lui offrir un verre. Aurait-elle assez de bon sens pour refuser ?

Il s'approcha sans réfléchir, mû par une force invisible.

2.

— Vous pouvez dire que vous êtes avec moi, si vous voulez.

Préoccupée par le gêneur dont elle voulait se débarrasser, Kemi n'entendit pas la première fois et le nouveau venu dut répéter. Sa voix grave, puissante, s'éleva au-dessus des rires et des conversations animées. Elle tourna la tête à droite et à gauche en cherchant qui lui parlait. Puis elle le vit.

Il était grand et mince, vêtu d'un costume à la coupe impeccable qui laissait deviner une silhouette musclée, bien proportionnée. Sa chemise blanche à col ouvert contrastait avec sa peau brune, beaucoup plus foncée que la sienne. Son visage était à demi dissimulé dans la pénombre.

Un léger frémissement parcourut Kemi.

— Je…

Elle se rapprocha tout en continuant à onduler au rythme de la musique. L'orchestre jouait maintenant une reprise d'une vieille chanson d'amour d'Ebenezer Obey. L'inconnu inclina la tête avec un regard impénétrable.

Elle hésita. Voulait-il… danser ? Non. Il était figé, comme un bloc de marbre.

— Je sais que vous êtes tout à fait capable de vous débrouiller seule, reprit-il. Mais si vous avez besoin de moi, je serai heureux de vous être utile.

Il s'exprimait avec une pointe de réticence que démentait une certaine curiosité dans son expression. Manifestement, elle l'*intriguait*.

Une vague de chaleur envahit Kemi.

L'homme lui semblait étrangement familier et elle hocha la tête. L'avait-elle aperçu au cours d'une manifestation organisée par son père ? Peut-être évoluait-il dans le cercle des célébrités nigérianes que sa sœur rêvait de fréquenter ?

Tobi. Jetant un regard circulaire, elle l'aperçut en grande conversation avec une jeune fille de son âge.

L'individu qui l'avait accostée revenait dans leur direction, la mine déterminée et un cocktail d'un rose vif inquiétant à la main.

— Merci, dit-elle à son sauveur.

— Vous dansez ? lança-t-il nonchalamment.

Elle se contenta d'un signe de tête.

Quand il posa une main sur sa taille, elle se crispa involontairement. Non par nervosité, mais à cause d'une intense sensation physique. Elle avait pourtant l'habitude de côtoyer ses frères et son père, mais la virilité qui émanait de l'inconnu la surprit. L'odeur épicée de son eau de toilette l'étourdit un peu et elle se sentit tout à coup très petite, et étonnamment douce.

Il se pencha à son oreille.

— Continuez comme tout à l'heure, je suivrai.

Il l'observait donc depuis quelques instants, songea-t-elle, plus troublée qu'elle ne voulait l'admettre. Ils s'accordèrent sans peine. Il la tenait souplement, sans la presser contre lui. Mais quand la poitrine de Kemi frôla son torse son corps répondit avec une spontanéité qui la déconcerta.

Il lui inspirait du *désir.*

Pourtant, il restait sur la réserve, la touchant à peine. Elle n'avait *jamais* éprouvé cela.

Les paupières closes, il fredonna tout bas la mélodie. Elle se mordit la lèvre. Sa voix lui faisait un effet incroyable…

Ressaisis-toi !

— Je m'appelle Kemi, dit-elle d'une voix mal assurée.

— Kemi, la meilleure danseuse d'Abuja. Une vraie magicienne. Vous avez des pouvoirs. Je ne danse jamais !

— Oh.

Etait-il en train de se moquer ? Il ne s'était même pas présenté. Elle ne savait pas flirter. Les occasions lui avaient manqué. Malgré tout, elle avait follement envie de prolonger la conservation.

— Je... Euh... Merci !

— Vous vous seriez tirée d'embarras sans problème. C'est moi qui vous remercie.

Il parlait paisiblement. Son timbre de voix, grave et chaleureux, la caressait avec langueur, comme ses mains sur sa taille.

— Vous comprenez les paroles ? demanda-t-il en indiquant le chanteur.

Oh. Malgré la finesse de ses traits, il n'était pas yoruba. Elle se gratta la gorge, sans oser l'interroger sur ses origines.

— C'est une chanson d'amour, murmura-t-elle en trébuchant sur le dernier mot.

— J'avais deviné.

Kemi se tourna à demi vers l'orchestre en posant une main sur le torse de son compagnon, qui garda néanmoins ses distances. Elle en conçut une étrange déception.

Elle s'humecta les lèvres.

— L'amoureux explique à sa belle que ses sentiments sont sincères, quoi qu'en disent les autres.

— Continuez, la pressa-t-il, une lueur d'intérêt dans le regard.

— Il n'a d'yeux que pour elle. Les autres ne comptent pas.

Le sang lui monta aux joues lorsqu'elle traduisit la suite.

— Quand ils sont couchés ensemble et que leurs corps communient..., sa peau, son visage...

— Mmm.

Ce simple murmure d'appréciation troubla Kemi plus que de raison. Elle serra les cuisses en s'obligeant à poursuivre.

— Il promet de lui appartenir pour toujours. Ils sont faits l'un pour l'autre.

Insensiblement, elle s'était rapprochée de lui, comme attirée par la chaleur d'un brasier réconfortant par une nuit glacée, quand souffle le vent sec d'harmattan. Elle ne savait comment exprimer ce qu'elle ressentait. Jamais personne ne lui avait inspiré une telle attirance.

— Vous y croyez ?

Ses doigts effleurèrent ses reins et elle tressaillit sans rien trouver à répondre. Heureusement, on annonça une pause à ce moment-là, en invitant les danseurs à se diriger vers le bar.

Le couple demeura enlacé quelques secondes, puis l'homme s'écarta et se pencha pour embrasser Kemi sur la joue. Elle battit des paupières, avec le désir de s'attarder, de lui raconter d'autres chansons d'amour… Pourquoi avait-elle l'impression de le connaître ? Le simple contact de ses mains déclenchait un tremblement irrépressible. Elle brûlait maintenant de découvrir la tiédeur de sa peau, sur son torse et ses épaules. Pour la première fois depuis le début de la semaine, elle n'avait pas envie de retourner à l'abri, dans la sécurité de sa chambre d'hôtel.

Magique. Oui, cette soirée était telle que Tobi l'avait rêvée. La princesse avait rencontré son prince charmant par une nuit enchantée… Peut-être !

Ne sois pas sotte !

Kemi se sentit tout à coup affreusement désemparée. Que faisaient les autres, dans ce genre de situation ? Avec son caractère enjoué et sa vivacité d'esprit, Tobi n'aurait pas manqué d'à-propos. Kemi ne trouva rien à dire et se contenta de sourire.

Son cavalier la scruta longuement, comme s'il cherchait une réponse à une question non formulée.

— Merci, Kemi, dit-il enfin.

Il s'inclina courtoisement devant elle. Puis, il tourna les talons et disparut.

Kemi.

Il n'avait pas fait que la regarder. Il avait aussi dansé avec elle et l'avait embrassée. Oh ! seulement sur la joue, mais la vision de ses lèvres pulpeuses le poursuivait… Il était sous le charme. Malgré lui.

Arrête.

L'odeur de son parfum persistait sur le bout de ses doigts et l'enveloppait dans un halo de douceur. Son joli visage s'était imprimé dans son esprit, ainsi que les contours de son corps. Depuis combien de temps n'avait-il pas dansé avec une femme ? Cela remontait à très loin, avant son mariage.

Il ne pouvait même pas mettre cela sur le compte de l'ébriété. Il n'avait bu qu'un verre de whisky, noyé dans l'eau et les glaçons. C'était elle qui lui avait tourné la tête.

Rentre, s'exhorta-t-il. Il n'avait rien à faire dans ce coin d'Abuja à cette heure tardive. Cela ne lui ressemblait pas de flirter avec de belles inconnues. Il n'avait pas éprouvé pareil émoi depuis… depuis…

Il refoula résolument ses souvenirs et sortit dans la moiteur de la nuit.

Sa suite l'attendait à l'Abuja Luxury Hotel et il avait hâte de se doucher.

— *Oluwatobi !* Tobi ? Où es-tu ?

Luke reconnut immédiatement la voix. Kemi parlait en yoruba, dans un débit précipité qui trahissait un état proche de la panique.

Elle se tenait à l'entrée du club, illuminée par un flot de lumières, et secouait son portable rageusement.

— Tout va bien ? s'enquit Luke en s'approchant.

Elle se redressa avec un sursaut. Luke chancela en croisant

son regard. Elle avait de magnifiques yeux en amande, d'un noir profond et frangés de longs cils recourbés.

— Je n'arrive pas à retrouver ma sœur, répondit-elle, affolée.

Il avança d'un pas, mais s'immobilisa quand elle se raidit.

— Elle est en danger ?

— Elle s'est enfuie ! s'écria-t-elle dans un mélange de colère et d'inquiétude. Elle discutait avec des étudiantes et a profité de mon inattention pour s'en aller avec elles… Elle n'a que dix-neuf ans…

— Des étudiantes ? reprit-il, rassuré. Elles étaient plusieurs ?

Kemi hocha la tête.

— Nous sommes en visite…

— À Lagos ?

— Non, Badagry. Elle est impossible à surveiller ! Très impulsive…

— C'est de son âge.

Il marqua une pause.

— Je m'appelle Luke.

Elle quitta un instant l'écran de son téléphone.

— Luke ? Luke Ibru ?

— Oui, acquiesça-t-il, déconcerté.

— Je… Vous êtes l'un des intervenants au congrès, n'est-ce pas ? Je vous ai vu hier, à la tribune.

Sur ses traits, la fascination succéda au désarroi.

— L'expert en protection et sûreté. Vous avez parlé de la sécurité des femmes dans le monde moderne. Votre visage m'a semblé vaguement familier tout à l'heure, quand vous m'avez abordée.

Surpris qu'elle l'ait reconnu, il lui serra la main. Un léger tremblement remonta le long de son bras et elle se crispa, comme si elle avait mal. Une rougeur se répandit sur sa peau brune.

— C'était passionnant.

— Merci, murmura-t-il en s'interrogeant sur la raison de sa présence à la conférence.

Un peu trop âgée pour être étudiante, elle semblait en outre posséder une grande maturité, comme quelqu'un qui a vécu une expérience traumatisante. Elle retourna à son portable.

— Mon père va la tuer, dit-elle à voix basse, à moitié pour elle-même.

Elle tira distraitement sur l'ourlet de sa robe et il baissa les yeux sur ses longues jambes fuselées, en se remémorant leur mouvement gracieux quand elle dansait. Il s'apprêtait à dire quelque chose quand un vrombissement de moteur s'éleva dans un vacarme assourdissant. Une voiture de sport décapotable passa devant eux. Entassés sur les banquettes, des jeunes criaient et riaient à tue-tête avec la musique à fond, et en brandissant des bouteilles.

Kemi poussa une exclamation et se précipita en courant sur la chaussée.

— Tobi ! hurla-t-elle à pleins poumons.

Le chauffeur accéléra et les feux arrière ne tardèrent pas à disparaître dans l'obscurité.

— Apparemment, elle vous a faussé compagnie, dit Luke.

3.

Ne t'inquiète pas, tout va bien. David va me rejoindre, il veillera sur moi. Je suis à une fête sur le campus de l'université d'Abuja. Appelle un taxi et rentre à l'hôtel. J'ai mis de l'argent dans ton porte-monnaie.

— J'espère qu'ils vont se faire arrêter par la police, s'écria Kemi avec une véhémence surprenante.

Luke réprima une envie de rire.

— Ce n'est pas très gentil pour votre sœur.

Kemi sentit le rouge lui monter au front. Il s'était à peine écoulé vingt minutes depuis le départ de Tobi. Dans ce laps de temps, elle avait réussi à tout raconter à un quasi-inconnu qui l'écoutait sans dissimuler son amusement.

Luke Ibru. Rien qu'à le regarder, Kemi se sentait des picotements sur la peau. L'avant-veille, elle l'avait entendu avec intérêt discourir sur la responsabilité du gouvernement du Nigeria à garantir la sécurité des citoyens du pays.

Kemi et Tobi assistaient surtout au sommet pour flatter l'orgueil paternel. Les participants ne soupçonnaient pas qu'elles n'avaient jamais fréquenté l'école en présentiel. Leur père avait employé des précepteurs et elles avaient ensuite suivi en ligne les cours de l'université. Cette éducation avait eu des conséquences très différentes sur ses deux filles. L'une osait à peine ouvrir la bouche en public, tandis que l'autre était une bavarde impénitente.

Durant la première journée du congrès, Kemi avait sagement écouté les interventions en poussant du coude sa jeune sœur qui avait tendance à somnoler. De brillantes jeunes femmes se succédaient à la tribune, saluant respectueusement leur père et les autres dignitaires. Issues de milieux divers, certaines étaient médecins, d'autres chercheuses, artistes ou écrivaines. Quelques-unes avaient étudié au Nigeria, d'autres à l'étranger. Toutes apportaient des contributions d'importance à leur pays et œuvraient pour le développement de l'Afrique.

Leurs discours avaient empli le cœur de Kemi de nostalgie et réveillé en elle des ambitions inassouvies. À vingt-cinq ans, elle n'accomplissait rien d'intéressant et passait son temps enfermée dans un palais, à se languir dans sa cage dorée. Avec un peu plus de courage et d'intelligence, elle aurait rompu les liens, mais…

Tu ne peux pas le blâmer. Tu es la seule responsable de l'existence que tu mènes.

Elle avait toujours espéré davantage, sans savoir quoi exactement. Elle rêvait d'une occasion qui lui permettrait de se révéler. En même temps, sa culpabilité la tirait en arrière. N'avait-elle pas prouvé qu'on ne pouvait pas lui faire confiance ? Son père avait payé cher le prix de son imprudence. Elle ne courrait plus le risque d'infliger des épreuves à sa famille. Par mesure de prudence, elle restait virtuellement prisonnière dans la demeure de son père, où la pauvre Tobi était elle aussi enfermée.

La voix grave de Luke interrompit le cours de ses pensées.

— Allez-vous rentrer sans problème, Kemi ? Si vous voulez, je vous dépose.

Elle l'avait déjà trouvé très séduisant sur scène, à la tribune, avec sa coiffure soignée et son costume de haute couture. Il avait parlé avec éloquence du regrettable héritage de l'histoire et de la violence. Dans un pays moderne et développé, il était inconcevable et inadmissible que des jeunes femmes aient peur de sortir, d'aller à l'école ou à l'université, en un mot de vivre.

Sur la piste de danse, Kemi avait compris que l'attirance était mutuelle. Elle avait surpris son regard sur ses cuisses et sa poitrine, à plusieurs reprises. Elle avait l'habitude. Au palais, son père avait souvent des invités de marque qui ne cachaient pas leur admiration pour elle. Mais personne ne s'était jamais permis de l'embrasser et elle n'avait jamais ressenti un tel trouble. Aux prises avec des sensations physiques inconnues, totalement insoupçonnées, elle en avait oublié de surveiller Tobi…

En présence de Luke Ibru, l'inquiétude et la peur diffuse qui l'habitaient depuis son enlèvement s'évanouissaient comme par enchantement. Même si ses ravisseurs l'avaient relativement bien traitée, elle devait cette faveur à sa position sociale et surtout à la promptitude avec laquelle son père avait répondu à leurs exigences. Les hommes pouvaient se conduire comme des brutes. On ne savait jamais ce qui se cachait derrière les apparences. Depuis cet épisode dramatique, elle évitait soigneusement les contacts personnels. Les mesures de protection de son père lui servaient d'excuse pour se mettre à l'écart.

Luke, au cours d'une seule et unique conversation, avait réussi à percer le mur de défense derrière lequel elle s'abritait. Elle avait d'autant plus de mal à surmonter son trouble qu'elle avait déjà succombé à son charme en pensée au cours de la conférence.

Elle l'avait cherché sur Google en rentrant à l'hôtel. Originaire de l'État du Delta, il concevait des systèmes de sécurité pour la Russie, l'Amérique et le Royaume-Uni. Il comptait parmi ses clients des organismes prestigieux comme la CIA, le SVR et L'Intelligence Service. Tous les médias l'encensaient, louaient son intelligence exceptionnelle et sa réussite hors du commun.

Sa photo et son nom apparaissaient dans de nombreuses

publications et figuraient en tête de liste des célibataires les plus convoités. Rentré au Nigeria après plusieurs années passées à l'étranger, il s'employait à développer et renforcer la sécurité dans de nombreux domaines, instances officielles et gouvernementales, écoles, universités, partout où les besoins l'exigeaient.

La sécurité. Ce mot résumait peut-être ce que Kemi éprouvait à son contact. Il était solide, inébranlable, avec une confiance en lui à toute épreuve, qualités qui faisaient cruellement défaut à Kemi et qui l'attiraient sans doute précisément à cause de cela.

Elle se gratta la gorge. Les mots qui sortirent de sa bouche l'étonnèrent elle-même.

— Puis-je… vous offrir un verre ?

Luke fronça les sourcils et elle s'obligea à fixer son attention sur un point derrière son épaule, pour ne pas rougir.

— En fait, je partais, répondit-il lentement.

Oh. Quel embarras ! Kemi recula d'un pas.

— Excusez-moi, je n'avais pas compris…

— Vous voulez venir avec moi ?

Les coins de sa bouche se relevèrent dans un semblant de sourire, tout à fait involontaire mais spontané. Kemi ne doutait plus de la puissante alchimie qui les poussait l'un vers l'autre.

— Je ne sais pas…

Elle hésitait malgré tout à sortir de sa réserve. Dans une ville inconnue, c'était très imprudent.

Le visage de Luke se radoucit. Elle eut la vague impression qu'il lisait dans ses pensées.

— Je vais appeler un taxi. Mon hôtel est tout près du bar auquel je pense. Vous n'avez rien à craindre.

Son ton tranquille, presque indifférent, la décida. Dieu, le destin ou l'univers, lui avait peut-être ménagé cette possibilité de s'échapper du quotidien pour vivre une aventure excitante. Avec en plus un homme qu'elle admirait…

Saisirait-elle l'occasion ou laisserait-elle passer sa chance en rentrant dans sa coquille ?

L'étincelle qui s'alluma dans les yeux de Luke Ibru fit courir un frisson sur son ventre.

— Je viens avec vous, dit-elle précipitamment.

— J'ai rarement vu quelqu'un aussi content d'aller dans un bar, la taquina Luke.

Ils avaient quitté Gana Street et le quartier huppé de Maitama pour pénétrer dans Jabi. Des échoppes de fortune avaient ouvert à la faveur de la nuit, proposant des brochettes de viande ou de poisson. Une fumée âcre s'élevait dans la moiteur du soir, tandis qu'une foule de promeneurs envahissait les rues. La vie reprenait après la grosse chaleur de la journée. Instinctivement, Kemi se rapprocha de Luke qui esquissa un demi-sourire. Il semblait ne jamais se départir de son sérieux.

Kemi avait l'impression d'évoluer dans un rêve, avec la conscience aiguë que tout pouvait arriver car le décor ne ressemblait pas vraiment à la vie réelle. Luke n'avait pas prononcé un mot depuis leur départ. Elle tendit le bras pour effleurer sa main, qu'il serra aussitôt dans la sienne. Immédiatement, elle se sentit mieux.

— Nous sommes dans un endroit sûr ? chuchota-t-elle en considérant la multitude.

Luke regarda sa montre.

— Oui. Il est encore tôt. Les gens sortent avec leurs enfants, en famille. Le bar où je vous emmène jouit d'une excellente réputation, avec un roof-top très prisé. Vous n'avez aucune inquiétude à avoir.

Il avait le don de dire exactement ce qu'il fallait pour la rassurer.

— Surtout avec vous, l'homme-clé de la sécurité au Nigeria, répliqua-t-elle avec une pointe d'humour.

Il s'arrêta devant un restaurant tenu par une jeune femme en jean et tunique blanche, avec un hijab rose vif sur la tête. De gros poissons-chats nageaient dans un aquarium.

— Nous pourrions manger quelque chose ? Ensuite, mon hôtel n'est pas loin. Nous prendrons un verre ensemble ?

Kemi écarquilla les yeux. Que suggérait-il ? Avait-elle bien compris ?

Elle n'était même pas horrifiée ! Pas le moins du monde. Elle se blottit contre lui pour éviter une bande de jeunes gens tapageurs. Il posa une main sur sa taille. Elle ne protesta pas.

— Merci, murmura-t-elle d'une voix à peine audible.

L'impatience et la nervosité la gagnaient.

Qu'espérait-elle au juste ? Que faisait-elle ici exactement ? Innocente mais pas naïve, elle savait très bien à quoi elle s'exposait en acceptant l'invitation de Luke. La violente attirance qu'il lui inspirait la poussait à aller de l'avant et explorer des territoires inconnus. Qui sait si elle éprouverait jamais de nouveau une telle intensité ?

Son kidnapping avait cassé son élan vital et émoussé le besoin de contacts humains. Mais sa brève rencontre avec Luke au Café Abuja réveillait des pulsions profondément enfouies. Elle l'observa par en dessous, timidement.

— Nous discuterons tout en dînant, dit-il tranquillement. Vous avez faim ?

Elle se détendit et hocha la tête.

— Tant mieux. Moi aussi.

Ses yeux s'attardèrent sur ses lèvres. Ses propos recelaient-ils des sous-entendus ? Elle vacilla légèrement.

Kemi n'était pas *téméraire*. Pourtant, elle n'avait ni peur ni appréhension. Le sixième sens qui l'avertissait du danger depuis son enlèvement ne s'était pas manifesté. Les cheveux de sa nuque ne se hérissaient pas et elle n'avait pas de goût métallique dans la bouche, symptômes qui apparaissaient habituellement à l'approche du danger. Luke Ibru la couvait du regard et elle le suivait de son plein gré.

Luke consulta la carte et passa commande à la serveuse haoussa. Puis, ils grimpèrent un escalier pour s'installer sur la terrasse.

On leur apporta les plats sans tarder. La soupe d'*utazi* et d'écrevisses était une merveille de saveurs, délicieusement poivrée. Mais Kemi avait du mal à avaler. Quand le poisson arriva, grillé à point, accompagné de bananes plantains bien dorées, le silence pesait horriblement. Pourquoi Luke ne disait-il rien ? Il se contentait de la regarder avec une attention qui la mettait mal à l'aise.

Que se passait-il ? Avait-elle imaginé leur connexion mystérieuse, pendant qu'ils dansaient ? Pourquoi éprouvait-elle encore ce besoin fou de le toucher, alors que les moments d'intimité partagée devenaient plus lointains et irréels ?

Subitement, Kemi posa ses couverts et se leva.

— Qu'y a-t-il ? Quelque chose ne va pas ?

Oui ! Tout allait mal ! Le corps de Kemi brûlait et elle n'arrivait pas à maîtriser ses tremblements. Elle se détourna en pressant les mains sur ses joues.

— Il fait très chaud ici, s'écria-t-elle en s'éloignant vers le bord de la terrasse.

Une averse dans la journée avait pourtant rafraîchi l'atmosphère, et la température était plutôt douce pour cette époque de l'année.

Abuja brillait de mille feux et s'étendait de tous côtés, à perte de vue. Les bruits de la ville et de la circulation se mêlaient à des échos de musique et au ronronnement des générateurs électriques.

Quand Luke la rejoignit, elle se sentit obligée de se justifier et d'expliquer sa nervosité.

— J'ai été… kidnappée quand j'étais adolescente. J'ai reçu trois balles dans le bras.

Il demeura silencieux, mais se colla à son dos, la bouche tout près de son oreille. Avec un long soupir, elle s'appuya contre lui. Elle agissait par pur instinct, maintenant. S'il lui avait posé des questions, elle aurait été incapable de dire jusqu'où le désir la conduirait. Elle continua à parler.

Tiens-moi fort. Touche-moi.

— J'avais fugué pour rejoindre des amis à une soirée. Une bande de truands m'a rattrapée. Je m'en suis bien sortie, mais… J'ai beaucoup aimé ce que vous avez dit à la conférence, Luke. Ce n'est pas une question de systèmes de surveillance et de maintien de l'ordre. La société doit changer fondamentalement pour que les femmes se sentent partout en sécurité. Elles ne doivent plus avoir peur…

Elle s'interrompit pour reprendre son souffle. Son corps la trahit sans doute, exprimant muettement le désir qui l'irradiait, car Luke la serra dans ses bras. Sa voix rauque la conforta dans l'idée qu'il était lui aussi terriblement troublé.

— Kemi. Quand je vous ai invitée à dîner, je n'avais pas d'arrière-pensée.

Aucun reproche ne perçait dans son intonation. Sa gentillesse acheva de la conquérir. En ce moment précis, elle ne voulait rien d'autre que se perdre dans un baiser ardent qui annihilerait toute sa raison.

— Kemi ?

Elle soupira en posant la tête sur son épaule, tout en contemplant la nuit étoilée. Au bout de ce qui sembla une éternité, Luke la prit enfin par les hanches et l'obligea à se tourner vers lui. Son expression demeurait aussi indéchiffrable qu'au début, mais elle n'était plus dupe. Elle avait vu l'étincelle du désir au fond de ses yeux, au Café Abuja, mais aussi plus tard, dans la rue, quand elle s'était pressée contre lui. Le souffle court, elle se tendit vers lui.

Silencieusement, Kemi se haussa sur la pointe des pieds et glissa un bras derrière sa nuque. Mais ce fut lui qui se pencha pour capturer ses lèvres.

Luke n'avait pas le droit de faire cela. Pourtant, il ne pouvait pas s'arrêter.

Kemi était délicieusement irrésistible. Il n'y avait pas d'autre mot. L'embrasser lui procurait un plaisir d'une intensité inouïe. Elle s'abandonnait totalement. Tandis que leurs langues se mêlaient, la chaleur le gagna tout entier, irrévocablement. Tout ce qu'il s'était juré d'oublier pour toujours revenait, avec une force incroyable. L'odeur de la peau, les gémissements étouffés qui réclamaient davantage. La douceur musquée du désir, les courbes d'un corps de femme…

Kemi n'avait rien d'une séductrice aguerrie. Elle manquait trop d'assurance et ignorait tout de l'art de plaire. Gravement traumatisée dans son adolescence, Kemi ne cachait rien de sa vulnérabilité, qu'il avait devinée depuis le début avec son sens de l'observation infaillible… Cela aurait dû suffire pour qu'il s'enfuie en courant.

Luke ne s'était jamais remis de son divorce. Il connaissait son ex-femme depuis le collège, avait continué à la fréquenter à l'université et l'avait ensuite épousée tout naturellement. Epris d'absolu, idéaliste, il n'avait jamais eu de tentation en dehors de son couple. L'amour conjugal le comblait. Depuis qu'il l'avait perdu, la pensée d'une autre femme le rebutait. Pourquoi troquer sa dignité contre une pâle imitation de ce qu'il avait irrémédiablement détruit ?

Que faisait-il là avec Kemi, à la caresser comme s'ils étaient voués l'un à l'autre de toute éternité ? Plus âgé, plus grand, plus fort, il dominait la situation. Si quelqu'un devait y mettre un terme, c'était lui.

Kemi gémit doucement contre ses lèvres, ce qui entama sérieusement ses résolutions. Deux fois, elle glissa les mains sous sa veste, sans oser aller plus loin.

Loin de se montrer aussi réservé, Luke suivit du bout des doigts le bord de son décolleté. Ses seins généreux et fermes se tendirent tandis qu'il caressait de son autre main la rondeur de ses fesses. Kemi retint une exclamation en ajustant ses hanches contre son bassin. Quand elle renversa la tête en arrière, il l'embrassa au creux du cou, à l'endroit où son pouls battait.

— Luke, s'il te plaît, l'implora-t-elle.

Il contempla longuement son visage. Heureusement, ils étaient dans un coin sombre, dissimulés aux yeux des autres…

Assez.

Au prix d'un suprême effort, Luke s'arracha à l'étreinte de la jeune femme et s'écarta.

— Kemi, dit-il sévèrement. Il est temps que je te raccompagne.

Elle s'avança en pleine lumière, les yeux noyés de désir. Infiniment belle.

— Je n'ai pas envie de rentrer tout de suite.

Luke réprima un juron. Il la sentait encore trembler contre lui et ses chuchotements résonnaient dans sa tête. Il l'avait tenue seulement quelques minutes dans ses bras. Pourtant, son souvenir demeurait palpable, aussi familier que s'ils avaient passé la nuit ensemble. Comment était-ce possible ?

— Je n'ai pas l'habitude de malmener des inconnues sur des roof-tops, déclara-t-il abruptement. Et tu n'es pas non plus du genre à te dévergonder en public.

Tout en parlant, il prenait conscience de l'intensité de son désir. Cela faisait si longtemps qu'il n'avait rien éprouvé de tel que sa réaction le laissait abasourdi. Il avait désespérément envie de comprendre pourquoi, mais le temps manquait.

Elle esquissa un sourire.

— Tu m'as embrassée, dit-elle enfin dans une sorte de ravissement.

— Oui, admit-il.

Il ne bougea pas lorsqu'elle s'approcha. Un parfum de fleurs entêtant lui brouillait les idées.

— Je ne veux pas m'en aller déjà, dit Kemi doucement.

Après une très brève hésitation, elle prit de nouveau ses lèvres, et ce fut comme si aucune interruption ne les avait séparés.

Elle l'enlaça par le cou.

— Tu sens si bon, souffla-t-elle contre sa bouche.

Luke enserra son poignet entre ses doigts. Elle avait une expression tellement confiante que son cœur se serra douloureusement.

La dernière à l'avoir regardé ainsi était sa femme et l'histoire s'était terminée tragiquement pour tous les deux. Il l'avait pourtant aimée, mais l'amour n'empêchait pas le gâchis. Leurs vies avaient été dévastées. S'il devait se passer quelque chose entre Kemi Obatola et lui, il fallait clarifier tout de suite la situation.

Il redressa le menton résolument.

— Une nuit. Pas davantage.

Un désir fou brillait dans ses yeux. Comment aurait-il résisté ?

— Je ne peux pas te promettre davantage, ajouta-t-il en lui caressant la joue.

Elle s'offrait déjà à lui tout entière... Il saurait lui donner du plaisir. Beaucoup.

— Luke...

Elle tremblait comme une feuille.

— Laisse-moi parler, coupa-t-il avec un mélange d'autorité et de douceur. Je ne te renverrai pas au milieu de la nuit. Tu partiras demain matin pour retourner à Badagry. Mais nous ne nous reverrons plus. Jamais. Tu dois me le promettre, Kemi. Sinon, j'appelle un taxi pour te ramener immédiatement.

Pourquoi sentait-elle si bon ? Son odeur éclipsait totalement le parfum des fleurs. Il la huma avec délice.

— D'accord, murmura-t-elle en se blottissant entre ses bras. Tout ce que tu voudras.

Ils se perdirent dans un nouveau baiser.

Par quel mystère avait-elle réussi à s'insinuer en lui ? Il n'aurait su l'expliquer. Sa fragilité l'attendrissait, tout comme la façon dont elle s'appuya au mur, derrière elle, pour ne pas chanceler sur ses jambes. En tout cas, elle réveillait en lui quelque chose qu'il croyait mort depuis longtemps et pour toujours. Il agrippa ses hanches fermement. Il allait l'emmener à son hôtel, dans sa chambre. Là, il la déshabillerait lentement pour contempler les promesses de son corps somptueux.

Il prendrait tout son temps, profiterait de chaque instant.

Mais ensuite il lui faudrait oublier cette femme qui l'avait fasciné au point d'avoir fait vaciller sa raison.

4.

Si son père, le roi, avait appris que sa fille se prélassait sur un lit à baldaquin, dans la suite opulente d'un palace avec un homme qu'elle venait juste de rencontrer, il se serait évanoui sur-le-champ. Kemi chassa bien vite cette pensée. Pour l'instant, elle n'avait aucune envie de songer à son père. Un désir ardent la taraudait, plus brûlant que tout ce qu'elle avait jamais imaginé. Le feu qui la dévorait l'emportait sur le sentiment de culpabilité.

Une nuit.

En dépit de sa relative inexpérience, elle n'avait pas peur. Quelque chose, dans le visage de cet homme, lui plaisait et la rassurait. Luke lui faisait penser à ces célèbres rochers du Nigeria, escarpés et impénétrables, mais dont les grottes insoupçonnées offraient parfois des refuges aux voyageurs égarés. Elle ferma les paupières quand il recommença à l'embrasser.

Elle était tellement absorbée dans ses sensations qu'elle ne remarqua pas immédiatement la pression de ses doigts dans son dos. Quand la fermeture Eclair descendit, un souffle d'air frais courut sur sa peau et une vague conscience lui revint.

C'est en train de m'arriver. En vrai.

Luke s'immobilisa quelques secondes.

— Tout va bien, dit-il.

Il n'avait pas besoin de la rassurer. Elle n'aurait pas de

regret. Le bustier de sa robe s'ouvrit, libérant ses seins comprimés. Personne n'avait jamais contemplé d'aussi près sa poitrine opulente.

Elle inspira profondément avant d'affronter le regard de Luke. Elle avait tant envie de lui plaire…

Ses derniers doutes se dissipèrent devant ses pupilles dilatées et elle redressa fièrement les épaules en arquant les reins. Sa hardiesse la choqua elle-même… Luke s'attarda brièvement sur son bras avant de contempler ses seins aux aréoles brun foncé, tendus presque douloureusement.

— Enlève ta robe. Complètement.

Kemi avait l'impression d'être une autre, comme si une inconnue avait subitement pris possession de son corps et de son esprit. Ce fut une voix étrangère qui sortit de sa bouche.

— Fais-le. Déshabille-moi.

Il eut un rire saccadé.

— Je risque de la déchirer.

Un frisson la secoua, suivi par une sensation brûlante au creux de son ventre, entre les cuisses, si vive qu'elle en eut le souffle coupé. Tout en reculant vers le lit, elle attrapa ses deux mains qu'elle glissa sous l'étoffe, dans l'échancrure, et appuya sur ses poignets, vers le bas.

Kemi n'eut pas le temps de se sentir embarrassée par sa nudité. Luke s'étendit à son côté, avec une expression très douce qui l'étonna et lui mit le rouge au front.

Il plaça une paume sur un sein, très légèrement, avant de caresser le téton avec le pouce, en l'effleurant à peine. Il percevait sans doute son inexpérience et exécutait ses gestes avec une lenteur mesurée, délibérée.

— Tu es belle, dit-il simplement avant de l'attirer vers lui.

Elle aurait voulu poser des questions, lui demander ce qu'il aimait, ce qu'elle devait faire, et pourquoi il restait habillé. Mais il l'embrassa tendrement dans le cou, à un endroit qu'elle n'avait jamais imaginé aussi sensible jusque-là…

Quand il pinça le mamelon, elle poussa un gémissement

qui résonna dans le silence. Elle gardait les paupières closes, pour ne pas voir le désir brut au fond de ses yeux. Ses caresses se firent peu à peu plus précises et appuyées. Il murmurait des mots crus, excitants, à moitié en anglais et dans une autre langue qu'elle ne comprenait pas…

— Luke…

Elle s'interrompit quand sa bouche glissa vers sa poitrine et se referma avidement sur la pointe de son sein gauche.

Incapable de maîtriser sa réaction, elle poussa un cri. La pulsation, entre ses jambes, s'intensifia brusquement et le plaisir déferla en spasmes incontrôlables, tels qu'elle n'en avait encore jamais éprouvés, pas avec quelqu'un en tout cas. Les doigts de Luke descendirent entre ses cuisses pour accompagner et prolonger son orgasme avec un art consommé. Submergée par la violence de ses sensations, Kemi se mordit la lèvre et roula sur le côté pour enfouir son visage dans l'oreiller.

Il l'avait à peine *touchée.*

Elle s'efforça de recouvrer sa respiration.

— Kemi.

Elle ne se retourna pas lorsqu'il posa les mains sur ses hanches, puis sur la rondeur de ses fesses, avec un murmure d'appréciation. De délicieux picotements recommençaient à l'envahir. Ils s'accentuèrent quand il répéta son prénom.

— Kemi.

Dans l'impossibilité d'articuler un son, elle recula en pressant le dos contre lui. La timidité l'empêchait d'affronter le face-à-face. C'était un inconnu, elle n'osait pas obéir à ses impulsions, presser ses lèvres sur son visage, sur sa bouche, explorer son corps…

Comment s'aventurer vers le point de non-retour ?

— Kemi ?

Il lui parlait maintenant au creux de l'oreille.

— Nous ne sommes pas obligés d'aller plus loin. Restons-en là, si tu le souhaites.

Elle ferma les yeux, très fort. *Restons-en là, si tu le souhaites.* Elle inspira profondément et bascula à demi vers l'arrière. Le visage de Luke était juste au-dessus du sien. Son expression d'une douceur extrême lui devenait déjà familière, mais sans cesser de l'intriguer.

— Je n'ai jamais fait cela, lâcha-t-elle dans un débit précipité.

Quel aveu terrible… En même temps, elle ne pouvait pas faire comme si de rien n'était. Contrairement à sa sœur Tobi, désinvolte et risque-tout, elle était très prudente et craintive.

— Tu n'as jamais terminé la soirée avec un inconnu ? plaisanta-t-il. Moi non plus.

— Non. Je n'ai jamais couché avec un homme.

Elle baissa les yeux en espérant ne pas avoir à s'expliquer davantage.

— Eh bien, il faut une première fois à tout, répondit-il avec légèreté.

Ah. Une pointe de déception inattendue serra le cœur de Kemi. Qu'espérait-elle ? Une déclaration d'amour ? Ils ne se connaissaient pas.

Quelle inconscience, de se jeter à la tête du premier venu ! Et quelle folie ! Il ne fallait pas s'étonner si tout allait de travers, maintenant. Elle frissonna et Luke plissa le front.

— Excuse-moi, je ne voulais pas paraître insensible ou indifférent, dit-il très sérieusement.

Il accompagna ses paroles de petits baisers aux commissures de ses lèvres et sur ses épaules.

Elle acquiesça sans rien dire. Les frémissements revenaient et couraient sur sa peau.

— Je me suis exprimé très maladroitement, reprit Luke.

Il s'interrompit et choisit ses mots avec soin.

— La situation ne me pose aucun problème. En revanche, c'est peut-être plus important pour toi que tu ne le pensais.

Kemi secoua énergiquement la tête, avant même qu'il

ait fini. Le désir impérieux qui l'avait envahie réclamait l'assouvissement. Il était temps qu'elle pense à elle, pour une fois.

— J'ai envie.

— De quoi ? répliqua-t-il d'une voix rauque.

En même temps, sans attendre sa réponse, il enleva sa chemise et son pantalon, révélant un corps puissamment musclé.

— Tu es beau, murmura-t-elle.

Son sexe érigé ne laissait aucun doute sur la force de son désir. Mais son calme plein de réserve ne s'accordait pas avec l'ardeur sauvage qu'elle ressentait.

— Eh bien, de quoi as-tu envie ?

Pouvait-elle seulement le formuler ? Elle voulait sentir de nouveau ses baisers fous sur ses seins, jusqu'à l'explosion du plaisir. Elle voulait écarter les cuisses pour lui offrir son sexe. Elle voulait…

— Je voudrais t'embrasser, dit-elle doucement.

Elle ne pouvait rien demander de plus.

— Eh bien, d'accord, répliqua-t-il en riant.

Le son de sa voix grave et chaleureuse dissipa instantanément ses appréhensions.

Luke s'efforçait de ne rien ressentir émotionnellement.

Au début, il y réussit en se concentrant uniquement sur la relation physique. Kemi était belle, douce, sensuelle, incroyablement réactive. Elle s'effondra entre ses bras au bout de quelques minutes, s'arc-boutant à sa rencontre en pressant la moiteur veloutée de son sexe contre sa bouche, se tordant de plaisir avec une lascivité qu'il n'était pas près d'oublier.

En dépit de l'indifférence qu'il s'imposait, son corps réagissait de lui-même, avec une impétuosité qui le faisait sourire intérieurement. Après quatre années de célibat, cette jeune ingénue l'envoûtait littéralement. Pourtant, elle osait à peine le regarder pendant qu'elle le caressait, enfonçait son visage dans l'oreiller pour étouffer ses cris et rougissait sous ses baisers.

Il s'attacha à lui donner du plaisir. Avec succès. Il la mena une deuxième fois au paroxysme avec sa bouche, se délectant de son goût de miel. Il avait oublié cette saveur musquée, délicieusement enivrante. Il la retint fermement jusqu'à ce qu'elle crie grâce et le repousse, faiblement. Il s'était fixé un impératif, ne pas ternir ses rêves, garder intact son idéal afin qu'aucun mauvais souvenir n'entache sa rencontre avec le vrai amour si jamais il se représentait dans sa vie.

Il embrassa de nouveau Kemi tout en soufflant à son oreille, en édo et en anglais, combien son odeur de lys lui plaisait. Il rêverait longtemps de ses seins, de son grain de peau et de ses grands yeux. À sa surprise, les mots coulaient tout seuls parce qu'ils étaient sincères.

Elle ne s'exprimait pas beaucoup, se contentant de petits soupirs et de gémissements. Il mit un préservatif et se positionna entre ses cuisses tout en la contemplant. Elle était vraiment adorable. Quelque chose de mystérieux, en elle, l'attirait, irrésistiblement. Peut-être reconnaissait-il sa propre innocence d'antan, à l'époque où l'amour régnait en maître dans son existence. À présent, sa vie était devenue aussi aride que le désert autour des gisements de pétrole qui avaient fait sa fortune. La perte et le chagrin l'avaient desséché.

Il avait lu de la solitude dans le regard de Kemi. Etait-ce cela qui le captivait ?

Quand il glissa les mains sous ses hanches, elle leva les bras au-dessus de sa tête et se tendit vers lui. Sa poitrine se soulevait à chaque respiration, mais il ne voyait que son visage, docile et totalement ouvert.

— Je suis prête, dit-elle.

Il étouffa sur ses lèvres son cri de douleur au moment où il la pénétra. Puis, il s'immobilisa pour lui laisser le temps de s'habituer à sa présence, mais elle secoua la tête, l'entoura de ses jambes et croisa les chevilles sur ses reins.

— Ne t'arrête pas.

— Je préfère attendre un peu.

À son étonnement, elle se mit à bouger tout en le serrant contre elle.

— J'avais peur d'avoir mal, chuchota-t-elle. Mais c'est merveilleux et tu es…

Elle s'interrompit, comme pour mieux savourer le plaisir de l'instant. Sa fraîcheur et sa spontanéité le touchaient malgré lui, avec une émotion si inattendue qu'il faillit se retirer, la gorge sèche.

Kemi soupira.

— C'est si bon !

Instinctivement, il réagit et accorda ses mouvements aux siens.

Son cri de plaisir résonna profondément en lui. La volupté les emporta dans un même élan. Par un tour de force incompréhensible, Kemi avait percé ses défenses et brisé la réserve qu'il brandissait comme un bouclier. Il se perdit en elle. Avant de sombrer, il eut vaguement conscience du danger qui le guettait.

Le calme revint peu à peu. Il reprit ses esprits et se rassura. Il n'avait rien à craindre d'une aventure sans lendemain.

Kemi et lui ne se reverraient pas.

5.

Enceinte.

Kemi en eut la certitude six semaines plus tard exactement, après avoir soudoyé une domestique pour se procurer un test de grossesse en pharmacie. Tout s'expliquait, songea-t-elle, horrifiée. Depuis son retour, elle était distraite, complètement ailleurs. Elle passait des heures à rêvasser devant les fenêtres, à contempler les vagues qui s'écrasaient sur le rivage. Physiquement, elle était revenue au palais, dans sa prison dorée, mais son esprit était resté avec Luke.

La pensée de ce qu'elle avait fait avec lui la tétanisait. Elle avait eu quelques flirts pendant son adolescence, mais jamais rien de comparable. Surtout, elle n'avait jamais ressenti ce qu'elle éprouvait pour Luke.

Le pire, c'était la nuit. Couchée dans ses draps blancs qui sentaient la lavande et l'eucalyptus, elle fermait les paupières et se remémorait le souffle chaud de Luke dans son cou. Elle s'endormait avec le souvenir de ses caresses sur sa peau nue. Des rêves la réveillaient en sursaut, le cœur battant, le corps moite de transpiration. Elle se levait sur des jambes chancelantes pour boire un verre d'eau fraîche. Puis elle allumait la climatisation pour essayer de retrouver le sommeil. La frustration la taraudait. Elle évitait Tobi, fuyait tout le monde.

Pour secouer sa mélancolie, elle se plongeait dans la lecture ou s'absorbait dans le bénévolat. Mais invariablement le soir tombait et les souvenirs de Luke l'assaillaient de nouveau.

Elle n'était pas amoureuse. Cela aurait été absurde, elle le connaissait à peine. Malgré tout, sa gentillesse et sa délicatesse, pendant la seule et unique nuit qu'ils avaient passée ensemble, lui avaient laissé une grande nostalgie. Elle avait perdu l'appétit, était devenue pensive, fatiguée, absente.

Ensuite, un retard de règles l'avait alertée.

Comment avait-elle pu être aussi stupide ? Encore une fois ! C'était la même impulsivité qui avait déjà failli lui coûter la vie. Dix années d'une discipline sévère ne l'en avaient pas débarrassée…

Comment une telle catastrophe était-elle possible ? Luke avait mis un préservatif, mais celui-ci s'était déchiré. Cela avait d'ailleurs jeté un froid. Heureusement, Tobi avait réussi à lui procurer une pilule du lendemain par l'entremise d'une domestique…

Paniquée, Kemi contacta Luke par le seul moyen qu'elle avait à sa disposition, l'adresse mail attachée à son site web.

Je suis Kemi Obatola. Nous nous sommes rencontrés il y a quelques semaines. Appelle-moi s'il te plaît. C'est important.

Il n'y eut pas de réponse.

Elle envoya un autre message trois jours plus tard.

Luke, j'ai quelque chose d'important à te dire à propos de notre rencontre au Café Abuja.

Toujours rien. Finalement, en désespoir de cause, elle lui asséna la vérité.

Je suis enceinte.

Il ignorait quel poids écrasant se cachait derrière ces trois mots. Une peur paralysante s'insinuait en elle petit à petit au fur et à mesure qu'elle comptait les jours de retard sur un calendrier… Son père serait bientôt au courant. Ce serait terrible…

Kemi étouffa un sanglot. Elle avait de nouveau ruiné son existence à cause d'une impulsion stupide et égoïste. Au moins, cette fois-ci, personne n'avait frôlé la mort… Elle chérirait pour toujours le souvenir de cette merveilleuse nuit d'amour avec Luke. Il avait compris ce qu'elle voulait et le lui avait accordé en la prenant au sérieux. Pour la première fois depuis longtemps, elle avait oublié la peur pour s'autoriser à vivre.

Néanmoins, il ne fallait pas se faire d'illusions. Luke l'avait clairement avertie. Il n'avait rien à lui offrir. Elle devrait gérer seule sa grossesse.

Quand Luke reçut les deux premiers messages, il les ignora sans arrière-pensée. Au fil des ans, il avait appris à se protéger en écartant les situations désagréables. Que lui voulait Kemi ? Il avait pris soin d'énoncer la règle du jeu dès le début. Même si son corps se souvenait délicieusement de leur étreinte passionnée, il n'était pas question de la revoir.

Elle s'était donnée à lui éperdument et lui avait offert le cadeau de sa virginité. Cette folle nuit avait eu raison du contrôle sévère qu'il exerçait d'ordinaire sur sa libido. Il avait chuchoté des mots qu'il n'avait encore jamais dits à aucune femme. Elle s'était abandonnée entre ses bras. Et maintenant… *Je suis enceinte.*

Kemi ne demandait rien, n'agitait pas de menaces, ne posait pas d'ultimatum. Luke perçut seulement une détresse, un accablement, qui le frappèrent au cœur. Il poussa un juron et fixa l'écran jusqu'à ce que sa vision se brouille, comme si les lettres pouvaient se dissoudre et changer de sens.

Bien entendu, cela ne se produisit pas. Elle était enceinte.

Ce n'était pas un piège. Il y avait un risque que cela arrive. Après leur étreinte, quand elle avait cessé de trembler et qu'ils s'étaient séparés, il avait constaté une petite déchirure dans le préservatif.

La probabilité était infime mais non nulle. Naturellement, il en avait parlé à Kemi.

— Il vaudra mieux prendre une contraception d'urgence.

C'était la première chose qu'il avait dite en se levant, de son ton habituel, un peu sec et détaché. Kemi s'était recroquevillée. L'éclat de ses yeux avait terni et il avait délibérément ignoré son embarras, proposant même de lui faire porter le médicament par un coursier le lendemain.

— Je m'en occuperai moi-même, avait-elle répondu résolument.

À présent, il regrettait de ne pas avoir insisté. D'instinct, il savait qu'elle ne mentait pas. Elle n'avait pas échafaudé ce stratagème pour le revoir. Malgré tout…

Kemi Obatola. Maintenant, il connaissait au moins son nom et son adresse mail. Issue d'un milieu très aisé, elle habitait dans les environs de Badagry et avait une sœur. Blessée par balle dans un kidnapping, elle en avait gardé une cicatrice sur le bras. C'étaient à peu près toutes les informations qu'il possédait.

Elle n'essayait pas de lui faire du chantage. Manifestement, elle avait de l'argent. Sa coiffure, ses vêtements et son élégance marquaient son appartenance à la haute société.

Le Nigeria était un pays immense, mais il se renseignerait pour découvrir qui était cette mystérieuse Kemi Obatola. Il fallait régler *rapidement* le problème. Il inspira profondément, se frotta les yeux et, soudain, éclata d'un rire amer.

Il avait déjà vécu cette situation. Une autre femme était tombée enceinte à cause de lui. La tragédie qui en avait résulté avait irrémédiablement détruit son équilibre émotionnel. Des souvenirs accablants remontèrent et le prirent à la gorge. Il ne devait surtout pas perdre son sang-froid et son objectivité. Si Kemi prévoyait de garder le bébé…

Luke toussa pour réprimer une nausée. Un *bébé*. Un enfant. Le sien. Au prix d'un effort énorme, il jugula sa panique et s'obligea à respirer.

Au bout d'un moment, le calme revenu, il saisit son téléphone. Il fallait tirer cette affaire au clair et prendre les décisions qui s'imposaient. Le choc de la nouvelle avait momentanément obscurci ses facultés, mais son esprit logique fonctionnait de nouveau correctement.

Le congrès. Elle y avait assisté.

Il suffisait de consulter la liste des participants pour obtenir quelques renseignements.

La somnolence était le seul symptôme qui affectait Kemi. Elle prétexta un accès de paludisme pour s'isoler dans sa chambre, avec la musique à fond. En dépit de la fatigue, le sommeil avait du mal à venir. Chaque fois qu'elle fermait les yeux, l'image de Luke apparaissait derrière ses paupières closes. Elle se désolait de ne pas avoir de nouvelles. Elle n'avait pas le moindre signe de lui. Pas un mot, pas un appel, rien.

Etait-ce l'effet des hormones de grossesse ? Elle avait constamment envie de pleurer. Elle vivait quasiment cloîtrée depuis ses seize ans à cause d'une stupide imprudence. Maintenant, elle se retrouvait enceinte pour la même raison.

Kemi n'était pas une romantique. Son enfance et son adolescence à la cour, au milieu d'intrigues politiques et avec un père polygame, lui avaient depuis longtemps dessillé les yeux. Malgré tout, dans le secret de son cœur, elle rêvait d'autre chose. Pas forcément d'amour-passion, comme dans les films de Nollywood qu'elle adorait, mais au moins d'une relation sincère avec un homme qui serait un bon père pour leurs enfants. À présent, Kemi doutait d'être jamais capable de faire les bons choix.

L'excuse de sa pseudo-maladie ne durerait pas au-delà de quelques jours. Ensuite, il faudrait sortir de ses appartements et tout raconter à son père. Elle en était malade d'avance.

Le lendemain, pendant la sieste, un grondement de moteur la réveilla. Un camion stationnait devant les grilles du palais. Impatient de pénétrer dans la cour, le chauffeur klaxonna à plusieurs reprises.

Un peu groggy, Kemi se leva et tira les rideaux. La lumière du soleil inonda la pièce, au troisième étage. Yusef, le gardien, parlementait d'une voix forte avec le conducteur.

Bientôt, un deuxième camion apparut, encore plus gros que le premier, puis un troisième. Yusef criait, complètement dépassé.

Kemi enfila promptement une robe d'intérieur et courut au rez-de-chaussée. À part les domestiques, il n'y avait personne à la maison. Son père et ses frères assistaient à une manifestation officielle et sa sœur était sortie faire du shopping sous bonne garde. Echevelée, l'esprit confus, elle fit irruption dans la cour.

— Que se passe-t-il ?

Une odeur de gasoil, insupportable, lui donna la nausée.

— Qui êtes-vous ? Nous n'attendons pas de livraison aujourd'hui.

Le premier chauffeur la dévisagea avec hauteur. Il la prenait visiblement pour une domestique.

— Je suis ici sur les ordres de mon *oga*, Luke Ibru, expliqua-t-il sur un ton condescendant. Il envoie des cadeaux à Sa Majesté, oba de Gbale, pour la célébration de son mariage avec la princesse Kemi Obatola.

Le sol se déroba sous les pieds de Kemi.

— *Son mariage ?*

Le premier chargement contenait des tubercules de yam, en quantité suffisante pour nourrir tout un village.

— Il y a aussi des étoffes précieuses et du vin de palme, dit le conducteur avec suffisance en indiquant la suite du convoi. Si votre concierge avait l'*obligeance* de nous laisser entrer…

Kemi ne l'écoutait plus. Le cœur battant à tout rompre, la bouche sèche, elle reconnut la voiture qui fermait la caravane. Luke en descendit et son chauffeur se précipita pour ouvrir le coffre et remettre à son patron un coffret en bois d'acajou.

Kemi porta la main à sa gorge, tandis que Luke s'approchait gravement.

— Bonjour, princesse.

Le dernier mot claqua comme un coup de fusil et elle recula d'un pas.

Luke continua d'avancer. Sous son regard, Kemi croisa les bras comme pour se protéger. Il lui tendit le coffret avec une expression de défi.

— C'est pour toi. Ton cadeau de mariage.

Comme elle ne bougeait pas, il l'ouvrit et elle retint son souffle.

Deux colliers somptueux scintillaient de tous leurs feux sur un fond de velours bleu nuit. Le premier se composait de coraux rouges polis comme des perles de verre, montés sur une chaîne d'or martelé. Les émeraudes du deuxième, énormes, formaient un motif élaboré, absolument magnifique.

C'étaient des joyaux d'une valeur inestimable.

Elle le regarda avec une expression abasourdie. Ses yeux brillaient d'un éclat indéfinissable.

— J'ai dû faire quelques recherches et mener ma petite enquête pour te retrouver. Quelle n'a pas été ma surprise ! Une princesse !

La gorge de Kemi se contracta.

— Le royaume de mon père n'est pas très grand.

Avec un rictus indéchiffrable, Luke se tourna vers Yusef.

— Ouvrez les grilles en grand, je vous prie

Le gardien obtempéra, les laissant seuls tous les deux.

Kemi ne bougea pas. Le choc la paralysait.

Impulsivement, Luke pressa le dos de sa main contre sa joue. Les paupières lourdes, comme si elle émergeait d'un profond sommeil, elle se redressa avec orgueil.

Princesse. Le titre lui seyait, songea-t-il. Elle avait la tête haute, comme si elle portait une couronne invisible. La découverte de son identité parmi les personnalités du congrès ne l'avait pas vraiment surpris. Son père, *oba* du petit port de pêche de Gbale, dans les environs de Badagry, jouissait d'une bonne réputation. Connu pour sa rigueur, il s'était tourné vers la religion après le décès prématuré de son épouse. Il avait donné une éducation très stricte à ses deux filles qui ne sortaient jamais seules et avaient suivi l'école à la maison avec un précepteur. Elles apparaissaient rarement en public.

Ces informations, qui avaient aidé Luke à se former un jugement, expliquaient en partie la grande timidité de Kemi.

Interprétant le silence de la jeune femme comme un signe d'assentiment, il souleva le lourd collier d'émeraudes.

— Baisse un peu le décolleté de ta robe, commanda-t-il impatiemment.

Dans une sorte de transe, Kemi libéra son cou et rejeta en arrière ses longues tresses ornées de perles d'or. Luke agrafa le bijou en s'attardant imperceptiblement sur la douceur de sa peau et recula pour juger de l'effet produit.

— Extraordinaire, souffla-t-il.

Le vert absorbait la lumière du soleil, réfléchissant son éclat sur la rondeur de ses épaules brunes. Avec ses lèvres entrouvertes et ses longs cils recourbés, elle ressemblait à une déesse de la beauté et la fertilité.

— Luke, murmura-t-elle faiblement.

Surpris par le surgissement intempestif du désir, il s'approcha encore. Leurs corps se touchaient presque. Posant une main sur sa joue, il huma son parfum délicat.

— Tu as chaud, murmura-t-il.

— Je dormais…

Elle soupira et il sentit ses seins contre son torse…

Presque aussitôt, elle recula.

— Kemi…

— Ton audace dépasse les bornes, s'écria-t-elle soudain en recouvrant ses esprits.

Elle était *en colère* ? Déconcerté, Luke haussa les sourcils.

— Pardon ?

— Tu arrives sans t'annoncer, l'accusa-t-elle. Sans même avoir répondu à mes messages…

— Mais j'ai tout organisé. Et je suis là.

Kemi leva les bras au ciel et se dirigea vers les grilles en parlant en yoruba dans un débit précipité. Il ne comprenait pas tout mais, à l'évidence, elle manifestait sa mauvaise humeur.

Après une hésitation, il lui emboîta le pas.

— Kemi.

— Quoi ? lança-t-elle en se retournant.

— Vas-tu t'expliquer, à la fin ?

Elle était furieuse, tellement différente de la jeune et timide ingénue qu'il avait rencontrée, qu'il ne savait plus que penser.

— Je n'ai pas l'intention de me marier avec toi, déclara-t-elle d'une voix claire et ferme.

— Et pourquoi ?

Elle le fixa bouche bée.

— Parce que je ne t'aime pas et que tu ne m'aimes pas non plus. Tu n'as même pas eu la courtoisie de te manifester. Tu es bouffi d'arrogance, incroyablement suffisant…

— Tu n'as pas refusé mes émeraudes, argua-t-il. Tu n'as pas protesté non plus quand je t'ai amenée à mon hôtel. Si je me rappelle bien, tu as même insisté pour me suivre. Je ne te déplais pas tant que cela. Physiquement, en tout cas. Pourquoi ne voudrais-tu pas m'épouser ?

— Pourquoi le ferais-je ?

— Allons à l'intérieur. Je t'expliquerai.

Elle le considéra d'un air las.

— Tu es bien sûr de toi, pour m'inviter dans ma propre demeure !

— Celle de mon futur beau-père, répliqua-t-il.

Il s'excusa aussitôt.

— Pardonne mon outrecuidance. Je t'en prie, Kemi. Il fait trop chaud dehors.

Elle tremblait de rage. Mais le bon sens prévalut et elle le précéda la tête haute, sans même s'assurer qu'il la suivait.

Dans le petit salon de réception, elle appela une bonne, avec son autorité naturelle, pour demander de l'eau fraîche et du thé. Elle avait retrouvé ses manières distantes et hautaines, mais Luke l'avait démasquée. Il attendait impatiemment qu'éclate de nouveau le feu qui couvait sous la cendre.

— Je ne peux pas me marier avec toi, répéta-t-elle.

— Tu ne veux pas, corrigea-t-il.

Avec son collier de cérémonie, elle était radieuse ! songea-t-il. Il éprouvait une envie totalement irrationnelle de l'épouser.

— Donne-moi une bonne raison.

— Je te l'ai déjà dit, je…

— L'idée ne me plaisait pas plus qu'à toi, coupa-t-il. J'ai été clair dès le début. Entre nous, il ne pouvait y avoir qu'une brève aventure. Mais tu es tombée enceinte…

— Ce n'est tout de même pas ma faute !

— Je ne demande pas un test de paternité pour l'instant, mais nous en ferons un après la naissance.

Luke s'exprimait posément, sans la regarder, mais glissait de temps à autre un coup d'œil à la dérobée. Il hésita.

— Tu aurais dû suivre mon conseil et prendre la pilule du lendemain.

— Je l'ai fait ! protesta-t-elle, au bord des larmes. Malheureusement, les pharmacies locales ne sont pas toujours fiables…

— Peu importe à présent. Dans ta situation, avec un père éminent et extrêmement conservateur, tu n'as guère le choix et moi non plus. J'ai ma réputation à défendre. Je ne supporterai pas d'être vilipendé par un roi parce que j'ai sali son honneur et celui de sa fille.

Kemi se récria, mais il passa outre, déterminé à aller jusqu'au bout de ce qu'il avait à dire.

— Tu pourras divorcer au bout d'une semaine si tu le souhaites, Kemi, mais nous nous marierons.

Quelle froideur ! Luke était glacial, abominablement pratique et d'une logique inflexible.

— Allons, Kemi, conclut-il. Tu n'es plus une enfant. Tu es adulte, maintenant, sois raisonnable.

— Tu es cruel !

— Je suis sincère, rétorqua-t-il. Et je serai toujours honnête avec toi. Tu vis en prisonnière dans ce palais, n'est-ce pas ? Tu ne préférerais pas te marier et conquérir ton indépendance ?

Désemparée, elle se mit à trembler.

— Je me suis bien renseigné. Tu ne voyages qu'avec ton père. Tu n'as pas fait ton service national. Tu n'as pas le droit de quitter la propriété sans autorisation et ton père ne l'accorde que rarement.

Les yeux de Kemi s'embuèrent, mais il poursuivit, inflexible.

— Tu n'es pas allée à l'université, en tout cas pas en présentiel. Tu n'as pas d'argent ni amis, à part ta sœur…

— Tu es en train de me ridiculiser !

— Pas du tout. J'offre une solution à ta détresse. Tu es belle et intelligente. Profite de l'occasion. Libère-toi.

À ces mots, sans même attendre sa réponse, il se leva et s'en alla. Sa façon de faire déplaisait peut-être à Kemi, mais il était sûr qu'elle se rendrait à l'évidence et accepterait sa proposition. Elle n'avait pas vraiment le choix. En plus, il se félicitait secrètement d'avoir le beau rôle dans sa libération. C'était une façon de se racheter.

Il ne pouvait rien d'autre pour elle.

6.

Libère-toi.

Kemi s'était tellement focalisée sur l'insupportable arrogance de Luke qu'elle en oubliait l'enjeu capital de sa proposition, pour elle-même et ses conditions d'existence.

Libère-toi !

Elle avait couché avec un homme puissant, un magnat des affaires à qui elle avait offert sa virginité. L'expérience sexuelle l'avait bouleversée, et avait éveillé une force de vie qu'elle étouffait depuis des années, depuis qu'elle avait été blessée par balle par son ravisseur. Sa rencontre avec Luke Ibru avait soulevé le couvercle qui l'empêchait de respirer. L'air pur et la lumière du soleil la ranimaient.

Serait-elle une autre en devenant Kemi Ibru ?

Kemi passa le reste de l'après-midi dans un état de nervosité extrême, à sursauter au moindre bruit, avec des crampes d'estomac et des nausées qui n'avaient probablement rien à voir avec sa grossesse. Elle se disputa avec Tobi et s'enferma dans sa chambre qu'elle arpenta de long en large, le cœur battant. Elle essaya en tremblant les colliers de cérémonie, en se remémorant le regard de Luke sur sa poitrine. L'aiguillon du désir la taraudait. Pour être honnête, elle avait terriblement envie de dire oui, et pas seulement pour gagner son indépendance. En se mariant, elle réussirait peut-être à conquérir cet homme énigmatique ? Une intimité quotidienne aurait certainement raison de sa froideur…

Elle s'aspergea le visage d'eau fraîche.

Son père ne fit aucun commentaire et ne posa pas de questions. L'extravagance des cadeaux et l'humeur sombre de sa fille en disaient probablement assez long. Kemi lui annonça calmement son intention de se marier et il se montra très terre à terre.

— Il faudra un mois pour tout organiser et lancer les invitations…

— Baba, je…

Incapable de lui annoncer sa grossesse de vive voix, elle posa simplement une main sur son ventre, dans un geste éloquent. Plusieurs émotions se succédèrent sur le visage du roi, la colère, l'incrédulité et quelque chose d'autre, indéfinissable.

— Comment… ?

Kemi ferma pudiquement les paupières. Elle ne pouvait pas expliquer les circonstances sans impliquer Tobi et la discréditer.

— Il t'a fait du mal ? demanda son père avec rudesse.

— Oh non…

Le roi resta immobile pendant quelques minutes. Quand il recommença à parler, elle comprit qu'il lui pardonnait et lui accordait sa bénédiction. Néanmoins, dans sa position, il ne pouvait pas s'accommoder d'une réception dans l'intimité. Ce serait un mariage en grande pompe. Ce n'était pas négociable.

— Je t'accorde trois semaines pour les préparatifs.

Kemi s'inclina avec une révérence en chuchotant des remerciements.

De retour dans ses appartements, elle prit une douche et s'habilla avant d'appeler Luke.

— Allô ?

— Je voudrais parler avec toi.

— Très bien. Je passe te prendre.

— Mon père…

— Souhaite te voir mariée. Je suis expert en sécurité, Kemi. Le meilleur du Nigeria. Je veillerai sur toi. Il le sait.

— Oui.

Vingt minutes plus tard, Kemi était assise à côté de Luke sur la banquette arrière d'une grosse Mercedes. Horriblement embarrassée, elle se tordait les mains sous le regard froid de Luke, qui lui accorda un sourire de politesse.

— Tu as faim ?

Elle secoua la tête. Il fallait d'abord discuter.

— Si nous nous marions…

— Tu veux poser tes conditions, suggéra-t-il, pragmatique.

— Oui.

Elle inspira profondément.

— Je saurai donner le change et tenir mon rôle d'épouse aimante et comblée.

Pendant qu'elle parlait, Luke serra ses doigts entre les siens.

— Détends-toi, dit-il doucement. Je ne suis pas un monstre. Je veux t'aider.

Elle émit un rire bref. L'aider ? Elle ne savait pas par où commencer.

— Je n'ai jamais fait cela…

— C'est ta phrase préférée, coupa-t-il ironiquement.

— Ne te moque pas de moi.

— Je ne me moque pas. Le mariage est une association, Kemi, rien de plus. Nous réévaluerons la situation dans un an pour voir où nous en sommes. Si nous n'en retirons plus de bénéfices mutuels…

Il s'interrompit au milieu de la phrase et elle termina à sa place.

— Tu divorceras.

— Nous divorcerons d'un commun accord, rectifia-t-il. C'est bien de trouver une solution, mais cela ne doit pas nous enchaîner pour la vie.

La perspective la laissa sans voix. Que de changements inattendus dans son existence, en si peu de temps…

— Un divorce n'est pas nécessairement dramatique, reprit-il.

— Tu es passé par là ?

— Oui, il y a quatre ans.

Il hésita un peu avant de poursuivre.

— Je n'ai pas eu de maîtresses depuis. Tu n'as pas à craindre de rivale. Je ne suis pas en quête d'une relation sentimentale.

Kemi lui lança un regard surpris.

— Le sexe ne t'a pas manqué ?

Luke eut un mouvement de recul devant sa question naïve et déroutante, puis éclata de rire.

Comme elle semblait vexée, il lui prit gentiment la main. Sa douceur lui remémora ses caresses timides et son inexpérience pleine d'appréhension.

— Merci, Kemi, dit-il simplement en déposant un baiser au creux de sa paume.

Déconcertée, elle se crispa d'abord, mais finit par se détendre avec un long soupir. Il redressa la tête.

Elle le regardait avec une émotion intense, la même qu'il avait lue sur ses traits la nuit où ils s'étaient aimés. Une connexion très forte s'était établie entre eux, à ce moment-là. *Surnaturelle*, songea-t-il, faute de mot plus approprié.

Malheureusement, elle ne durerait pas.

Il était incapable de rendre une femme heureuse.

Pendant le reste du temps qu'ils passèrent dans la voiture, Luke passa en revue tous les aspects de leur arrangement, avec le détachement et la précision d'un officier militaire préparant une campagne. Il verserait une pension à Kemi pour l'enfant et ses besoins personnels, lui attribuerait un chauffeur, une femme de chambre et un garde du corps.

Il faisait déjà la liste des réceptions et autres mondanités où elle devrait l'accompagner…

Elle cilla lorsqu'il lui demanda si elle avait des questions.

— Euh…

— Tu m'écoutais ?

— Cela fait beaucoup d'informations à la fois, protesta-t-elle, sur la défensive.

Elle réfléchit un instant avant de s'aventurer sur un terrain délicat.

— Ton ex-femme… ?

— Tu ne la croiseras pas. Elle vit à Enugwu avec son nouveau mari, avec lequel elle s'exhibe beaucoup sur les réseaux sociaux C'est un sénateur au ventre imposant, richissime, qui la gâte abominablement.

— Tu l'avais aussi mise enceinte ? demanda-t-elle crûment.

Luke se renferma instantanément, les mâchoires crispées.

— Je t'ai informée par courtoisie, pour que tu n'apprennes pas mon ex-mariage par des ragots de bas étage. Néanmoins, le sujet est clos et je te dispense de tes allusions.

Il était en colère. Embarrassée, Kemi se renfonça contre la banquette.

— Excuse-moi, ma remarque était déplacée, concéda-t-elle au bout d'un moment. Je te remercie pour ta proposition de mariage. Je suis d'accord.

C'était raisonnable.

Luke se gratta la gorge. Son expression furieuse avait disparu. Il passa une main sur son front.

— Alors, sois un peu plus attentive, lui dit-il. Je vis la moitié du temps aux Seychelles. La vie y est plus paisible qu'au Nigeria. Je suggère de nous y rendre pour quelques mois. Ensuite, nous irons en Amérique pour ton accouchement.

Kemi hocha la tête. Elle n'avait jamais voyagé et ne connaissait le monde qu'à travers les films et la télévision.

— Ton enfant sera un Yankee !

Elle regretta aussitôt cette plaisanterie d'un goût douteux.

— Ce sera plus simple ainsi, répliqua-t-il sèchement. Nous déposerons une demande de passeport pour toi.

— Tu as la citoyenneté américaine ?

— Par mon ex-épouse.

Kemi se mordit la joue pour ne pas poser de questions. Qui était cette femme qui avait su séduire le puissant et énigmatique Luke Ibru ?

Il fronça les sourcils.

— Je ne me suis pas marié pour avoir un visa, Kemi.

Elle eut le rouge au front.

— Je ne pensais pas du tout cela…

— Peu importe. Je remplirai les papiers nécessaires pour toi. Tu pourras rester là-bas après la naissance.

— Aux États-Unis ?

— Ils ont d'excellentes universités.

— J'ai fait des études supérieures !

Il lui sourit.

— Tu poursuivras après la licence. Un master te sera très utile. Tu pourras même envisager un doctorat par la suite. Tu auras un appartement et une garde d'enfant. Tu mèneras la vie que tu veux.

Kemi avait du mal à se représenter un avenir aussi idyllique.

— Et toi ?

— Je te rendrai visite. Le bébé me connaîtra. D'ici deux ou trois ans, quand ta situation administrative sera stabilisée, nous entamerons la procédure de divorce.

Quelle froideur ! Dans quoi s'était-elle engagée… ?

— Pour le moment, nous avons la cérémonie à organiser, continua-t-il. Tu recevras ta bague d'Afrique du Sud d'ici à la fin de la semaine. J'aimerais en terminer le plus vite possible, si tu es d'accord.

Complètement dépassée par les événements, elle ne répondit rien.

— Il faudra aussi choisir une maison. J'ai mis en vente celle où je vivais avec mon ex-femme, et que je ne souhaite pas garder. J'ai deux propriétés en vue, sur Eden Island et à Mahé. Tu jetteras un coup d'œil sur les photos pour me dire celle que tu préfères.

— Tu n'attends pas d'être sur place ?

— Tu es enceinte. Je ne veux pas te fatiguer inutilement.

Kemi avait l'impression d'être emportée dans un tourbillon.

Il ouvrit un dossier sur sa tablette et la lui tendit.

La beauté des lieux la transporta. La première demeure surplombait une jolie plage en bordure de lagon. La deuxième, équipée d'une piscine à débordement, occupait un cadre plus champêtre.

— Je regarderai un peu plus tard, dit-elle. Je suis fatiguée. Peux-tu me raccompagner maintenant, s'il te plaît ?

À sa surprise, il plongea les yeux dans les siens. Malgré ses doutes et sa confusion, elle sentit aussitôt le désir se ranimer dans son corps. Mais il était exclu de le dire à Luke, bien évidemment.

— Tout se passera bien, la rassura-t-il, d'un ton si confiant qu'elle fut tentée de le croire.

Le sentiment de sécurité qu'il lui inspirait l'emportait presque sur ses incertitudes.

7.

Ce fut étonnamment facile pour Kemi de jouer le rôle de jeune mariée éperdue de bonheur. Elle le tint à la perfection. Son père le roi ne lésina pas sur les dépenses pour célébrer les noces de sa fille avec l'un des hommes les plus riches du Nigeria. La paisible localité de Gbale n'avait jamais connu de festivités aussi éclatantes. La cérémonie se déroula selon la tradition séculaire yoruba. Kemi et Luke décidèrent d'un commun accord de reporter le mariage religieux à l'église après la naissance de leur enfant.

Le jour dit, Luke arriva de bonne heure au palais avec un petit orchestre de tam-tams et ses témoins. Tous habillés à l'identique, avec des tuniques et des pantalons de couleurs vives, chapeaux de paille sur la tête et colliers autour du cou, ils agitèrent leurs cannes en réclamant au roi la permission d'entrer au palais. Kemi et Tobi observaient la scène en riant depuis un balcon. Un émissaire en tenue d'apparat les accueillit cérémonieusement et ils se prosternèrent en signe d'humilité, avant d'entonner un chant de louange à la gloire du souverain.

Surchargée de perles et de broderies, la robe de Kemi était éblouissante, et si ajustée qu'elle avait un peu de mal à respirer. Elle agitait élégamment un grand éventail en plumes de paon. On remarquait d'emblée l'absence de famille du côté de Luke. Fils unique, il avait perdu sa mère depuis longtemps. Son père ne vivait pas au Nigeria, et Kemi n'avait pas insisté pour avoir des détails.

La cérémonie dura très longtemps. Il y eut de nombreux discours et bénédictions de la part de hauts dignitaires et représentants des différentes communautés. La table du buffet croulait sous l'abondance des plats, des plateaux de fruits et de pâtisseries, et le vin coula à flots. Quand le festin toucha à sa fin, une limousine vint chercher les jeunes mariés pour les conduire à l'aéroport, où le jet privé de Luke décollerait pour les Seychelles.

— Tu vas me manquer, chuchota Tobi à l'oreille de Kemi en rajustant son diadème.

— Toi aussi, murmura son aînée.

Elles s'embrassèrent longuement. La veille, Kemi avait congédié les domestiques pour profiter pleinement de sa dernière journée avec sa sœur, qui avait passé de longues heures à lui tresser les cheveux avec des perles et des fils d'or. Le résultat était saisissant.

— Si tu fais bien attention, ta coiffure tiendra au moins deux mois, avait-elle dit en trempant les extensions dans une décoction de plantes parfumées. Tu trouveras certainement quelqu'un là-bas pour refaire tes tresses.

— Pas aussi bien que toi…

Les deux jeunes femmes s'étreignirent affectueusement. Tobi connaissait le secret de sa sœur depuis la visite tonitruante de Luke. Elle avait aussitôt pris fait et cause pour elle.

— Ce n'est pas idéal de se marier par obligation, avait-elle concédé. Mais nous n'avons jamais vécu normalement. S'il peut te rendre heureuse… Avec la grâce de Dieu, tu auras un beau bébé. Et si jamais cela ne marche pas avec Luke, *rentre à la maison.*

Dans son for intérieur, Kemi était convaincue que cela n'arriverait pas. Sa nuit enchanteresse entre les bras de Luke Ibru avait déclenché une succession d'événements qui changeait à tout jamais le cours de son existence. Et pourtant…

— Kemi ?

La voix de son mari la ramena au présent. *Son mari !*

Luke resplendissait, dans un *dashiki* du même vert émeraude que sa robe et qui faisait ressortir sa belle peau brune. Il arborait un petit diamant à l'oreille qu'elle n'avait pas remarqué auparavant. Le portait-il habituellement ? Elle avait les joues en feu. Que lui arrivait-il ? Elle ne pouvait même pas incriminer le champagne. Elle n'avait bu que des jus de fruits.

— Notre avion attend, dit Luke tranquillement.

Le cœur de Kemi se serra. Sans mot dire, elle prit la main que Luke lui tendait. Il la leva à hauteur des yeux et contempla l'alliance toute fine qu'elle avait choisie parmi une douzaine de modèles.

— C'est très simple, mais elle te va bien, observa-t-il.

Elle acquiesça faiblement et s'autorisa à s'appuyer sur son épaule. L'énergie lui manquait, tout à coup.

— Tu pourras bientôt te reposer, dit-il avec un sourire.

Kemi fit des adieux précipités à sa famille et n'eut même pas le temps de se changer. Ils s'envoleraient de Lagos, où la circulation était imprévisible.

Pour la première fois depuis longtemps, ils se retrouvèrent seuls tous les deux, assis à l'arrière de la limousine, dont le chauffeur avait respectueusement fermé la vitre de séparation. Silencieux, Luke joua un instant avec son téléphone comme s'il hésitait à l'allumer. Puis, il se tourna vers la fenêtre.

Alors qu'ils étaient coincés dans un embouteillage dans la banlieue de Lagos, Kemi observa les gens dans les voitures, en train de rire et bavarder. Comme elle se sentait loin d'eux, si différente ! Une pesanteur horrible l'écrasait.

Nerveusement, elle porta la main sur sa lourde parure d'émeraudes. Elle se sentait ridicule dans sa robe de cérémonie et aurait dû insister pour se changer. Malgré la climatisation, elle avait les mains et le corps moites, sans doute un effet de la grossesse. Elle tenta maladroitement d'ôter son collier et soupira. Luke vint à sa rescousse.

— Laisse-moi faire.

Son souffle chaud sur sa nuque ne l'aida pas à se détendre. Elle ramassa son éventail par terre et l'agita devant son visage. Sa robe était beaucoup trop serrée. Elle n'aurait pas dû écouter sa belle-mère et aurait été plus à l'aise en *iro* et *buba* traditionnels.

— Kemi.

Fermant les paupières, elle se concentra sur sa respiration. Des larmes commençaient à lui piquer les yeux. Inspirer. Souffler. Inspirer. Souffler. Ses oreilles bourdonnaient. La nausée montait. Elle allait s'évanouir. Elle avait perdu connaissance une fois, enfant, après avoir joué trop longtemps au soleil, et reconnaissait les symptômes…

Elle entendit la voix de Luke, pressante et inquiète. Au moment de répondre, un goût métallique emplit sa bouche. Il poussa un juron, cria quelque chose au chauffeur et tira violemment sur sa robe. Elle avala une goulée d'air et éclata en pleurs.

— Respire, commanda Luke. Respire, ma chérie. Reste avec moi, Kemi.

Elle lui obéit et le calme commença à revenir. Mais, en tentant maladroitement de la libérer de son bustier, Luke effleura ses seins. Elle s'affola de nouveau à son contact et le repoussa faiblement.

— C'est la dernière chose à laquelle je pense, l'assura-t-il sèchement.

Elle réussit à s'écarter et redressa le menton en tremblant.

— Merci. Cela va mieux.

— Tu es sûre ? répliqua-t-il d'un air soucieux.

— Ma robe était trop serrée, expliqua-t-elle.

En réalité, d'innombrables émotions la submergeaient. Désormais, elle était libre, mais totalement à la merci de cet homme qu'elle avait épousé. Avait-elle vraiment fait le bon choix ?

Comme si la situation n'était déjà pas assez catastrophique, le souvenir de ses caresses réveillait une anxiété diffuse. Son corps réagissait traîtreusement. Ses seins gonflés se tendaient impatiemment. La grossesse décuplait sa sensualité naturelle. Elle ne maîtrisait plus rien…

Luke Ibru était *son mari.*

La bouche sèche, elle se détourna.

— Enlève-la, dit Luke en se grattant la gorge.

Brusquement, l'atmosphère s'alourdit et se chargea d'électricité. Manifestement, Luke se remémorait lui aussi la folle passion qui les avait égarés.

— Kemi.

Elle secoua la tête.

— Parle-moi. Ne garde pas tout à l'intérieur. Ce n'est pas bon pour l'enfant.

Elle frissonna.

— Kemi…

— Pourquoi m'as-tu épousée ? Nous aurions pu trouver un autre arrangement.

Il émit un grognement indistinct.

— Ma réponse ne va pas te plaire.

— Je t'écoute.

Pendant une minute, on entendit seulement en sourdine une chanson de Flavour, que le chauffeur avait manifestement choisie pour eux. S'il avait su…

Pour la première fois depuis qu'elle le connaissait, Luke paraissait… incertain.

— Je voulais m'occuper de toi.

Une vague de plaisir inonda Kemi, aussitôt suivie par un profond désarroi. Il n'éprouvait rien de particulier à son égard, aucune tendresse. L'expérience sexuelle qu'elle avait vécue avec lui ne devait pas l'illusionner. Dieu merci, en dépit de son innocence, elle possédait assez d'intelligence humaine pour ne pas se fourvoyer. Si elle voulait sortir indemne de ce mariage…

Et s'il tombait amoureux ?

Kemi s'arrêta de respirer.

Elle était incorrigible, pour croire encore aux contes de fées ! Malheureusement, son rang de princesse ne lui donnait pas forcément droit aux happy ends.

Elle battit des paupières et esquissa un sourire.

— Je ne veux pas être un poids.

Il scruta son expression.

— Pardon ?

— Je ne veux pas être un fardeau.

Sous le regard insistant de Luke, elle enfonça les ongles dans la chair de ses paumes.

— Mon attitude t'a-t-elle laissée croire que tu représentais une charge ?

— Non, mais…

— Je n'agis jamais sous la contrainte, Kemi, déclara-t-il avec force. Tu es de sang royal. En t'épousant, je deviens chef de famille et je m'élève dans la société… Ne te sous-estime pas, Kemi. Aie conscience de ta valeur.

La voiture s'était arrêtée. Ils étaient arrivés à l'aéroport, sur la piste. Luke passa une étole autour de ses épaules, ouvrit la portière et elle mit le pied sur la passerelle, la première marche vers sa nouvelle vie.

L'intérieur du jet, dans des tons beige clair et doré, était une splendeur de luxe et de raffinement, avec de larges fauteuils en cuir, tous équipés d'écrans et de postes de travail. Les pieds s'enfonçaient dans l'épaisseur de la moquette et les haut-parleurs diffusaient de la musique douce. Pendant que l'équipage s'affairait, Luke fit les honneurs du lieu à

Kemi et lui montra la chambre de repos et la salle de bains, au fond de la cabine.

— Désormais, tu pourras aller partout dans le monde. Je t'emmènerai où tu voudras.

Ils s'assirent et bouclèrent leur ceinture pour le décollage. Quand ils atteignirent la vitesse de croisière, Luke conduisit Kemi à l'arrière et ouvrit un placard qui contenait de confortables vêtements d'intérieur.

— Je te laisse. Mets-toi à l'aise.

Il hésita.

— As-tu besoin d'aide ?

— Non, se hâta de répondre Kemi. Enfin… peut-être, désolée.

— Arrête de t'excuser tout le temps.

Elle enleva son étole et lui présenta son dos en frissonnant.

— Avoue que la situation est plutôt étrange…

Elle avait parfois l'impression que leur nuit de passion était le fruit de son imagination délirante.

La chaleur de Luke irradiait sur sa peau nue. Elle ferma les paupières et, à l'abri de son regard, s'abandonna un instant à une vague de désir. Il n'était évidemment pas question de se trahir. Ce genre d'émoi n'était pas de mise dans un mariage de convenance.

Les doigts de Luke effleurèrent sa colonne vertébrale de façon tout à fait superflue, songea-t-elle avec une pointe d'irritation.

— Je ne sais pas comment tu peux sentir aussi bon après une journée de fête et d'agitation.

Décontenancée, elle se sentit envahie par une onde de douceur.

— Au début, je croyais que c'était du parfum, poursuivit-il d'une voix rauque. Mais non. C'est toi. Cela m'avait déjà frappé, la nuit où…

La nuit où ils avaient fait l'amour, la seule et unique fois. Instantanément, les seins de Kemi se tendirent comme pour réclamer les caresses de Luke. Un à un, les crochets de la robe s'ouvrirent, jusqu'au creux des reins.

— Tu as la peau si douce !

Luke effleura son string en dentelle.

— Très joli…, murmura-t-il à son oreille.

Elle s'enflamma en se demandant avec désespoir si toutes les femmes réagissaient ainsi, celles qui étaient mariées ou avaient une activité sexuelle régulière. Comment contrôler cette pulsation brûlante qui l'envahissait tout entière ?

Qui était Luke, véritablement ? Cet homme énigmatique qui la traitait avec une suprême indifférence était aussi capable de proclamer avec force l'envie de la protéger. À présent, il la caressait comme si…

Elle se dégagea et lui fit face en tentant maladroitement de remonter le bustier de sa robe. Ce fut peine perdue. Il retomba sur ses hanches. Déterminée à parler, elle croisa les bras sur sa poitrine.

— Tu veux faire l'amour ?

Effarée d'avoir posé cette question, elle se mordit aussitôt la lèvre.

Il ouvrit la bouche, mais elle poursuivit résolument.

— J'ai besoin de savoir. Est-ce… un mariage blanc ? Aurons-nous des relations sexuelles ? Devrai-je te satisfaire sur ce plan-là ?

— Kemi…

— Y aura-t-il d'autres femmes ? Comment vivrons-nous ? Je veux connaître la règle du jeu.

Luke soupira.

— Habille-toi.

— Que…

— Habille-toi, répéta-t-il d'un ton autoritaire. Je te laisse. Nous discuterons plus tard, aux Seychelles.

Après avoir enfilé un pantalon palazzo en maille et un top en cachemire, Kemi chaussa des mules et regagna la cabine en ignorant de son mieux le grand lit qu'elle laissait derrière elle.

Luke avait un peu honte de son comportement. Dès qu'il s'était retrouvé seul avec Kemi, il n'avait pas pu s'empêcher de la toucher. Il n'avait aucune intention de séduire celle qui était pourtant devenue son épouse légitime. Il voulait juste veiller sur elle jusqu'à la naissance du bébé. Ensuite, il l'installerait dans un endroit à sa convenance et la laisserait en paix.

Malheureusement, son corps refusait de coopérer, ce qui posait un réel problème. La vue de Kemi à moitié nue lui avait tourné la tête…

Que lui arrivait-il ? Il était encore si perturbé qu'il n'arrivait pas à réfléchir objectivement.

L'atmosphère fut tendue mais cordiale pendant l'heure qui suivit. Il força Kemi à manger un peu avant de l'envoyer se reposer. Lui-même, prudent, s'allongea sur le divan à côté. La journée avait été rude pour lui aussi, même si elle ne s'en rendait pas compte. Il luttait contre la migraine.

Une pesanteur mélancolique l'envahit, familière. Avec la tristesse qui l'accompagnait fidèlement depuis des années, il était en pays connu.

Alors que les réactions suscitées par sa jeune épouse le désarmaient.

Pendant la réception, Luke avait dansé, souri devant les photographes, serré Kemi contre lui. Il l'avait même embrassée quand les circonstances l'exigeaient. Il avait fait la connaissance d'innombrables membres de sa famille, s'était montré affable avec le roi son père, avait plaisanté avec ses frères, joué avec ses neveux et nièces pendant des heures. À présent, l'épuisement le gagnait. Il avait juste envie de rester dans le noir en attendant que la fatigue se dissipe. Les centaines de personnes qu'il avait rencontrées au cours de la journée étaient loin d'imaginer sa léthargie intérieure. Tout le monde se souviendrait avec enchantement de la belle fête de mariage de la princesse et du milliardaire. De l'extérieur, cela ressemblait à un conte de fées. Mais lui, depuis une éternité, ne ressentait plus rien.

La joie l'avait définitivement déserté depuis très longtemps.

Néanmoins, la jolie jeune femme pelotonnée dans son lit, tout près de lui, éveillait des émotions qu'il croyait disparues à jamais. Ce n'était pas de la concupiscence, car il avait appris à se passer de sexe. Il éprouvait un besoin farouche de la protéger, à l'abri entre ses bras.

Il était son mari, mais paradoxalement la personne la moins en mesure de tenir ce rôle.

Luke se retourna en scrutant l'obscurité. Aux Seychelles, son homme de confiance avait réglé l'achat de la maison, qui était prête à les recevoir. Il avait hâte d'arriver. Il s'enfermerait dans sa chambre avec un somnifère. Ensuite, pour chasser définitivement l'humeur noire qui le submergeait parfois, il se plongerait dans le travail. C'était ainsi qu'il avait l'habitude de fonctionner. Il n'y avait rien de changé.

Kemi bougea et murmura dans son sommeil. Au bout d'un moment, comme elle s'agitait de plus en plus, il se redressa pour l'observer.

Ses traits tirés reflétaient une telle souffrance que son cœur se serra.

— Non ! s'écria-t-elle d'une voix implorante.

Elle se débattit et le drap qui la recouvrait tomba à terre.

— Kemi ?

Elle ne l'entendit pas et continua à lutter dans son cauchemar, en parlant en yoruba. Elle leva les bras et poussa un cri déchirant.

— Kemi !

Se levant d'un bond, Luke franchit la distance qui les

séparait. Elle tremblait comme une feuille. Une main sur son bras, il la secoua doucement. Elle gémit, mais sans ouvrir les yeux.

— Réveille-toi !

Il lui caressa la joue. Elle paraissait terrorisée.

— Tu fais un cauchemar. C'est moi, Luke. Tu m'entends ?

Elle finit par soulever les paupières, difficilement, avec une expression de petit animal traqué.

— C'est moi, Luke, répéta-t-il. Tu as fait un mauvais rêve.

Elle s'écarta aussi loin qu'elle put, en se frottant le bras comme si elle avait mal.

— Je… Je t'ai dérangé ? Excuse-moi. Cela m'arrive de temps en temps. J'ai crié ?

Il la scruta avec inquiétude et s'assit au bord du lit. Kemi replia les jambes sous le menton, comme pour éviter tout contact, mais il n'y prêta pas attention.

— Tu rêvais de l'enlèvement ? demanda-t-il abruptement.

Elle baissa les yeux.

— Cela se produit souvent ?

— Presque toutes les nuits, avoua-t-elle à voix basse.

— Tu te réveilles toujours dans cet état ? Terrorisée ?

Elle demeura silencieuse pendant une longue minute.

— Parfois, je sens le pistolet pointé sur moi. Ou alors ils me pourchassent tandis que j'essaie de m'enfuir en me cachant dans la foule. Quelqu'un m'appelle pour me venir en aide, mais je n'arrive pas à rejoindre l'endroit où je serais enfin en sécurité. D'autres fois, je revois le visage de ces hommes horribles qui me retiennent de force et essaient de me toucher…

Luke réprima une violente nausée.

— Ils t'ont violentée ?

Elle secoua la tête.

— Non, Dieu merci, ils ne m'ont rien fait. Mais ils me menaçaient constamment et…

Elle déglutit avec effort.

— Je n'ai pas envie d'en parler.

Dans le silence qui suivit, on n'entendit que la respiration irrégulière de Kemi.

Luke tendit la main vers son visage, presque machinalement. Elle avait la peau froide et moite.

— Tu as ces cauchemars depuis…

— Mes seize ans, dit-elle en tripotant nerveusement ses tresses. Ma sœur et moi dormons dans la même chambre, cela m'a aidée. Un temps, j'ai pris des somnifères, mais c'était pire. J'avais encore plus de mal à me réveiller de mes cauchemars.

— Tu t'es confiée à quelqu'un ? Tu as des crises de panique ?

Elle haussa les épaules.

— Non, juste un peu d'angoisse dans les endroits clos quand je n'ai pas repéré la sortie, ou lorsque je me retrouve au milieu d'inconnus. Heureusement, je suis rarement seule.

— Tu en as parlé à quelqu'un ?

— Le père Sylvestre dit…

— Qui est-ce ? Un psychologue ? questionna Luke sans cacher son irritation.

Il connaissait le penchant de son peuple à se tourner vers la religion plutôt que la science et la médecine. Dans le cas de Kemi, la prière et la foi ne pouvaient pas grand-chose contre la terreur profondément ancrée dans son être.

— Pousse-toi, soupira-t-il.

Elle écarquilla les yeux

— Que fais-tu ?

— Je ne suis pas ta sœur, mais tu es enceinte et il te faut du repos, déclara-t-il platement.

Elle finit par obtempérer et lui faire de la place, et il s'allongea auprès d'elle.

— Tu as besoin d'être aidée, Kemi. Je trouverai quelqu'un. En attendant, je suis là.

Sur le visage de Kemi, la peur disparut, remplacée par un mélange de douceur et d'hésitation.

— Ne te sens pas obligé de…

— Si, coupa-t-il, inflexible. Je t'ai épousée pour prendre soin de toi et je ferai de mon mieux. Les vœux que j'ai prononcés aujourd'hui étaient sincères, Kemi. Nous nous sommes peut-être mariés pour des raisons peu orthodoxes, mais je serai fidèle à mon serment. Tu seras en sécurité et ne manqueras de rien.

Kemi ne dit rien, mais ses beaux yeux s'embuèrent de larmes tandis qu'elle remontait tranquillement le drap sur eux. Ils n'échangèrent plus une seule parole jusqu'à ce qu'elle finisse par se rendormir.

Le sommeil tarda à venir pour Luke. Il avait une conscience trop aiguë du corps tiède allongé à côté de lui, et du parfum de lys qui se dégageait de sa peau satinée. Il se retint de la toucher. Ce n'était ni le lieu, ni le moment. Néanmoins, il ne pouvait nier qu'un trouble s'insinuait en lui, dans des endroits secrets qu'il croyait cadenassés à jamais.

Il se remémora l'expression épouvantée de Kemi, ses gémissements et la façon dont elle se tordait de douleur. S'il ne pouvait lui offrir son amour, il l'aiderait malgré tout à surmonter les obstacles qui entravaient son épanouissement. Elle se débarrasserait des ombres qui la hantaient à cause d'une malencontreuse erreur de jeunesse. Avec de bons thérapeutes, elle guérirait et vivrait enfin pleinement l'existence qu'elle méritait.

Peut-être rachèterait-il ainsi ses propres fautes, songea-t-il avant de s'endormir lui aussi. Après avoir détruit la vie de son ex-femme, il aiderait Kemi à reconstruire la sienne. À défaut d'amour, il lui permettrait d'accéder à la confiance et l'estime de soi.

Lui, malheureusement, avait irrémédiablement dépassé ce stade. Mais il œuvrerait pour son bien.

Il était de nouveau là, ce merveilleux sentiment de quiétude et de sécurité qu'elle associait décidément à Luke. Kemi garda les paupières closes jusqu'à avoir la certitude qu'il dormait profondément. Alors seulement, elle roula sur le côté pour le contempler. Malgré la semi-obscurité, il paraissait plus beau que jamais. La pénombre estompait le relief de ses pommettes et le pli soucieux qui lui barrait souvent le front. Tentée de toucher sa joue comme il l'avait fait lui-même quelques minutes plus tôt, elle se retint. Il ne fallait pas mélanger l'attirance sexuelle et la tendresse. Elle devait maîtriser son impulsivité qui lui avait déjà joué bien des tours. Luke avait clairement signifié que leur mariage n'avait rien de sentimental. La prudence s'imposait. Kemi se garderait d'éprouver quelque sentiment que ce soit envers l'homme calme et sévère qu'elle venait d'épouser.

Je prendrai soin de toi.

L'écho de ses paroles résonnait dans son esprit chaque fois qu'elle le regardait. Elle le croyait avec un espoir éperdu, ce qui était déjà dangereux en soi.

Elle avait connu assez de déboires. D'abord un kidnapping, maintenant une grossesse… Un chirurgien habile pouvait réparer les blessures du corps. L'âme était infiniment plus difficile à soigner…

Que cachaient les défenses impénétrables de Luke Ibru ? Un cœur brisé ? Pour quelle autre raison serait-il barricadé derrière un stoïcisme aussi rigide ?

À quoi bon savoir la vérité ? Il valait sans doute mieux le laisser tranquille. La curiosité lui avait toujours porté malchance, de toute façon.

Brusquement, Luke ouvrit grand les yeux. Kemi sursauta

et poussa un hurlement strident. Elle fit un bond en arrière et serait tombée s'il ne l'avait pas agrippée par le poignet.

Il explosa de rire.

Elle ne l'avait jamais vu rire aux éclats, comme un adolescent ravi de faire une bonne farce. Cela le rajeunissait et éclairait ses traits d'un jour nouveau. Elle en oublia de se mettre en colère.

— Tu as eu peur ! lança-t-il, très content de lui.

— Si c'est ta manière de me consoler après un cauchemar, je préfère que tu retournes sur ton divan.

Elle se redressa en ramenant le drap sur sa poitrine.

— Vraiment, Luke…

Dans ses yeux, la lueur amusée se mua en une étincelle farouche, possessive, qui la désempara totalement.

— Je suis désolé que tu aies ces horribles cauchemars.

Elle se tortilla avec une expression embarrassée.

— C'est ainsi…

— Tu guériras. Je ferai tout pour cela. Pendant notre séjour aux Seychelles, je ferai venir quelqu'un, une psychothérapeute réputée…

Le cœur de Kemi se mit à battre très fort.

— Luke, ne t'inquiète pas pour moi, je…

— Personne ne s'est occupé de toi sérieusement, coupa-t-il. Il est grand temps que cela change.

Ses paroles enveloppèrent Kemi d'une douceur réconfortante, aussi rassérénante qu'une étreinte.

— Luke, ne…

— Non, écoute-moi. Tu as vécu trop à l'écart, prisonnière d'une cage dorée à cause d'une mésaventure malencontreuse. Le monde est merveilleux. Tu te dois à toi-même de recouvrer une liberté pleine et entière et de réaliser tes rêves. De quoi as-tu envie ?

La bouche sèche, Kemi s'humecta les lèvres. Personne ne lui avait jamais posé ce genre de questions.

— Je ne sais pas très bien…

— Tu n'es pas obligée de répondre tout de suite. Mais tu as forcément des rêves, des ambitions. Peut-être des études universitaires de haut niveau ? Des engagements philanthropiques ou humanitaires ? J'ai toutes sortes de réseaux et de ressources à ta disposition. Je peux t'en faire profiter.

Il y avait une telle détermination dans sa voix que Kemi en fut toute désorientée. Pourquoi se préoccupait-il d'elle à ce point ? Une nuit d'égarement et de passion justifiait-elle cet empressement ? Il l'avait déjà délivrée de la réclusion imposée par son père. N'était-ce pas suffisant ?

— Pourquoi me dis-tu tout cela ? demanda-t-elle. Nous allons avoir un enfant, mais tu pourrais parfaitement le voir et t'en occuper sans moi. C'est ton droit. Je ne t'en priverais pas. Nous ne sommes pas amoureux. Tu n'as pas à te sentir responsable de moi…

— Tu es ma *femme*, insista-t-il. Je veux que tu sois heureuse.

En un sens, Kemi était flattée, mais ses belles paroles ne la convainquirent pas. Elle percevait d'instinct des raisons obscures.

— Je peux te poser une question ?

— Je t'écoute.

Elle se gratta la gorge.

— Que s'est-il passé avec ton ex-femme ? Pourquoi avez-vous divorcé ?

Un lourd silence tomba. Luke la regardait sans la voir, d'un air totalement absent qu'elle reconnaissait trop bien. Il lui arrivait à elle aussi de s'absorber dans ses souvenirs en se dissociant du présent.

— Nous avions un fils, dit-il enfin d'une voix froide et métallique, comme pour tenir à distance un passé trop douloureux. Il est mort.

— Oh…

— C'est arrivé il y a très longtemps, Kemi.

Il y a très longtemps ? L'expression n'avait aucun sens. Cet homme avait seulement la trentaine.

— C'est-à-dire ?

— Cela n'a pas d'importance, dit-il calmement.

Elle eut honte de son indiscrétion.

— Luke, je suis désolée. Si j'avais su…

— Ne t'excuse pas, coupa-t-il sèchement. Ma femme et moi n'avons pas été capables de surmonter nos différends après la perte de notre enfant et nous nous sommes séparés. Fort heureusement pour elle, comme je te l'ai déjà dit, elle a refait sa vie. Quant à moi, je m'en suis bien sorti aussi. Je n'aime pas évoquer cette période, mais je te raconte cela parce que tu es ma femme. Tu as le droit de connaître les grandes lignes de mon existence.

Il se tut et baissa les yeux sur son alliance, comme s'il avait du mal à s'y habituer.

Une ombre passa sur son visage, très fugacement.

— Il était malade ? reprit Kemi timidement.

— Il était atteint de drépanocytose, lui répondit-il avec un self-control absolu.

Oh. Kemi se mordit la lèvre en entendant le nom de la terrible maladie génétique.

— Je n'ai pas envie d'en dire davantage. Naturellement, nous ferons un test dès que possible. Pour le bébé et toi.

Kemi hocha la tête, la gorge nouée. Elle ignorait si elle était porteuse de cette anomalie transmissible par hérédité…

— D'accord, murmura-t-elle. En tout cas, sache que je compatis de tout mon cœur.

— Merci, c'est très gentil, répondit-il avec un sourire contraint.

Des émotions inattendues envahirent Kemi. Elle avait éperdument envie d'étreindre Luke entre ses bras pour lui manifester tendresse et réconfort. Mais son expression fermée, presque hostile, la découragea. De toute manière, il n'était pas question de s'impliquer émotionnellement.

Luke Ibru se protégeait derrière une armure défensive qu'elle ne réussirait pas à percer. Il n'y avait aucun moyen de l'aider. Elle-même était bien trop fragile. Rouvrir d'anciennes blessures ne conduirait qu'à raviver la souffrance.

Elle releva le menton.

— Merci pour tout, Luke. Je tâcherai de ne pas être un fardeau pour toi.

Une étincelle s'alluma dans le regard de Luke.

— Tu n'en es pas un. Je ne souhaite qu'une chose, Kemi, ton épanouissement. Profite de ce mariage pour devenir celle que tu as envie d'être. Je n'ai pas réussi avec ma première femme. Je ne veux pas d'un nouvel échec.

8.

Dès qu'ils descendirent du jet, Luke éprouva une impression de légèreté et de soulagement, malgré une mélancolie tenace que les lieux ne manqueraient pas de raviver. Les Seychelles étaient un pays magnifique, son endroit préféré après le Nigeria. Mais il y avait des souvenirs…

Bien des années plus tôt, Luke avait acheté une vaste propriété pour s'échapper avec sa petite famille de la folle agitation de Lagos et Abuja. Son ex-femme, Ebi, adorait ces îles paradisiaques.

Malheureusement, leur histoire s'était terminée par une tragédie qui le hanterait jusqu'à la fin de ses jours. Pendant qu'il traversait l'aéroport, des picotements douloureux remontèrent jusqu'à sa nuque et ses tempes.

Tu es fort. Rien n'a de pouvoir sur toi.

Il avait vendu son ancienne maison à un homme d'affaires qui cherchait une villégiature pour sa nombreuse famille. Il avait un peu influencé Kemi pour la nouvelle villa et se félicitait de leur choix.

— C'est splendide ! s'écria la jeune femme comme ils traversaient Victoria.

Luke demanda au chauffeur de la Range Rover de ralentir pour qu'elle puisse admirer le paysage.

— Cela ressemble au Nigeria. En même temps, c'est très différent.

La luxuriance de la végétation et la moiteur de l'atmosphère paraissaient familières, mais des routes étroites pavées de grès montaient à l'assaut de collines rocheuses. Des murets de pierre brute ou peints de couleurs vives bordaient les chemins. Des toits rouges ponctuaient le paysage verdoyant. Au loin, une eau claire, transparente, invitait à la baignade et au repos.

— Ne te penche pas trop ! lança Luke en rattrapant Kemi par le bras.

Sa joie faisait plaisir à voir.

— J'ai l'impression d'être au paradis !

Ses yeux pétillaient d'excitation. La fatigue du voyage avait complètement disparu et sa peau avait retrouvé son aspect lisse et satiné.

— Sommes-nous obligés d'aller tout de suite à la maison ?

— Où d'autre, sinon ?

— J'ai regardé sur Google, il y a un tas d'endroits à visiter. Le marché Sir Selwyn-Clarke…

— Personne ne l'appelle ainsi, c'est juste le marché central, observa Luke, amusé. C'est sur notre chemin, si tu tiens à acheter des poulpes et des ignames…

L'enthousiasme et la spontanéité de Kemi avaient quelque chose de communicatif. Et elle était si belle ! Cela ne chassait pas complètement sa tristesse mais l'allégeait beaucoup.

— Avant le voyage à Abuja, je n'étais quasiment pas sortie de chez mon père depuis des années, et toujours sous bonne escorte, reprit Kemi avec gravité. Jamais très longtemps, pour des occasions religieuses ou des manifestations officielles, avec des gardes du corps armés. Ce matin, quand je me suis réveillée et que nous avons atterri, j'ai réalisé que je pourrais me promener librement, faire du shopping, aller danser en night-club…

— Ta dernière expérience ne t'a pas servi de leçon ?

L'éclat de rire de Kemi métamorphosa totalement ses

traits. Les réserves de joie de vivre qu'il soupçonnait en elle lui redonnaient espoir.

Elle est à moi.

Les mots qui s'étaient présentés spontanément à son esprit le choquèrent. Il ne pouvait pas penser à Kemi en ces termes-là. Il était trop meurtri et elle avait beaucoup souffert elle aussi.

— Au moins, cette fois-ci, je ne risquerai pas de tomber enceinte, plaisanta-t-elle, une main sur son ventre.

Quand sa grossesse commencerait-elle à se voir ? se demanda Luke. Il ne se souvenait pas précisément de celle d'Ebi. Tout à coup, il eut envie de prendre Kemi dans ses bras et de toucher l'endroit où germait une nouvelle vie. Il se retint et se gratta la gorge.

— Un seul arrêt, annonça-t-il, péremptoire. Le marché central ?

— D'accord !

Il lui accordait cette première journée. Mais pas davantage.

Ensuite, il s'absorberait dans le travail.

Une foule bigarrée se pressait autours des étals en plein air ou sous des bâches multicolores. Les odeurs d'épices, de fleurs et de poissons se mêlaient harmonieusement, avec de temps à autre des relents moins agréables, mais d'un exotisme toujours intéressant.

Kemi avait envie de tout acheter. Mangues, noix de coco, bananes plantains... Elle essaya plusieurs chapeaux de paille et tomba en arrêt devant des colliers et colifichets en verroterie.

— Une fille de roi mérite mieux ! la taquina-t-il, étonné par son comportement. On dirait une adolescente.

— Je suis tellement contente ! répliqua-t-elle, sur la défensive.

Après toutes ces années d'enfermement, elle était enfin libre. Dans son dos, la main de Luke se pressait, rassurante et agréable. Impulsivement, elle se hissa sur la pointe des pieds et l'embrassa sur la joue.

— Merci, dit-elle simplement.

Il bougonna maladroitement, puis se radoucit bon gré mal gré quand elle se blottit contre lui en dépit de la chaleur.

— Quelle merveilleuse escapade !

— Dans un marché ? N'exagère pas…

Elle lui donna une petite bourrade dans le bras.

— Non, je suis sérieuse ! Mon père est paranoïaque. Il a tellement peur des kidnappings que nous allions seulement dans les boutiques de luxe, à des heures réservées.

Elle se perdit un instant dans ses souvenirs.

— Nous ne sortions pas vraiment en public. Quel bonheur d'être au milieu des gens !

Luke se détendit.

— Mes ressources sont à ta disposition, princesse. Kemi…, écoute-moi.

Il se pencha, très grave tout à coup.

— Tu peux désormais mener la vie que tu souhaites. Je t'y aiderai sans restrictions d'aucune sorte.

— Luke…

— Je le pense sincèrement. Ce mariage imposé te vaudra tout de même quelques avantages.

— Des bénéfices matériels, rien d'autre, ironisa-t-elle en s'écartant brusquement.

Il ressentit aussitôt un grand vide et toussota pour ne pas perdre contenance.

— Ne t'inquiète pas pour moi, déclara-t-elle après un silence. Je m'en contenterai.

— Bien.

Il l'embrassa sur le front.

— Allons chez nous, maintenant.

Chez nous.

La maison de pierre s'élevait au bord d'une plage privée. L'ancien propriétaire l'avait agrémentée de pièces d'architecture importées de différents coins du globe, ce qui lui prêtait beaucoup d'allure et d'originalité. Très vaste, elle était meublée et décorée avec un soin exquis. On avait disposé de jolis bancs dans le jardin immense, fleuri de roses, d'hibiscus et de jasmins, avec une fontaine au centre.

Au rez-de-chaussée, la cuisine ultramoderne donnait sur l'arrière. Le salon était assez vaste pour organiser des réceptions, ainsi que la salle à manger. La bibliothèque avait été aménagée en fonction des goûts de Luke, avec des biographies et des ouvrages d'histoire militaire sur les rayonnages, et des tapis colorés, tissés à la main, pour égayer les tommettes.

Le couple fut accueilli par Kingsley, le majordome qui s'occupait déjà de la première maison de Luke.

— Comment allez-vous, monsieur ? Bienvenue à vous, madame.

Il était évidemment curieux d'en apprendre davantage sur le remariage de son patron, mais ce dernier ne lui accorda pas cette satisfaction.

— Tout va très bien, Kings, merci.

Luke posa son sac de voyage dans la véranda. Il avait longuement réfléchi avant de reprendre Kingsley à son service, car c'était le seul lien, aux Seychelles, qui le rattachait à son passé. Au moins, Kings connaissait le contexte et ne se formaliserait pas des sautes d'humeur de son patron. Il était là, la nuit horrible où il avait fallu emmener leur enfant en urgence à l'hôpital. C'était même lui qui avait pris le volant car Luke était incapable de conduire…

— Vous dînerez dans la salle à manger, monsieur ?

Refoulant ses souvenirs, Luke secoua la tête. Pour l'instant, le repas était le cadet de ses soucis.

— Je préparerai à manger quand j'aurai faim. Kemi

et moi avons fait quelques courses avant d'arriver. Vous pouvez disposer, Kings.

Kemi se gratta la gorge, une lueur de malice au fond des yeux.

— Je passerais à table avec plaisir, je meurs de faim ! Enchantée de faire votre connaissance, Kingsley.

Elle serra la main du domestique et se mit à parler en yoruba, au grand plaisir de ce dernier qui lui répondit dans la même langue.

— Je suis de trop ? lança Luke en plaisantant à moitié.

Kingsley se tourna vers lui.

— Oh ! Madame m'interrogeait sur mes origines. Je…

— Peu importe. Occupez-vous donc de Kemi et faites-lui visiter la maison. Nous dînerons ensuite.

Kemi réprima un sourire et emboîta le pas à Kingsley, absolument ravi de faire le guide.

Luke s'affala dans un fauteuil. Il ferait en sorte d'expédier le repas aussi rapidement que possible afin de préserver des instants de solitude. Il avait apprécié cet après-midi imprévu en compagnie de Kemi, dont il appréciait l'humeur joyeuse et les bavardages, mais il veillerait à ne pas dépasser certaines limites. Leur bonne entente ne devait pas s'approfondir et prendre un tour trop intime. Il se voulait plus souffrir.

Il se refusait catégoriquement à devenir dépendant de quelqu'un. Il avait trop peur de perdre ceux qu'il aimait.

Kemi était de sang royal, mais rien dans son enfance et son éducation ne l'avait préparée à cette débauche de luxe. C'était encore plus beau que sur les photos. La propriété s'étendait sur plusieurs hectares, avec une cocoteraie et un jardin d'agrément qui embaumait. Partout, on entendait la mer.

Intarissable, Kingsley lui raconta par le menu l'histoire des rajouts architecturaux et la contribution des artisans locaux pour le carrelage de la piscine. Des panneaux solaires, sur le toit, garantissaient une énergie durable. Ils avaient pour voisins des célébrités du monde du spectacle. Kemi fut instantanément séduite pas la beauté du lieu. Les dalles de couleur crème, légèrement rosé, apportaient une note fraîche. Devant les grandes baises vitrées, des rideaux de lin translucide filtraient les rayons ardents du soleil. Il régnait une atmosphère de légèreté et de douceur où la gravité de Luke semblait tout à fait incongrue.

Elle songea à son ex-femme et se demanda à quoi ressemblait leur maison. Très vite, elle chassa ces pensées. Seuls importaient le présent et ce qui adviendrait ensuite.

Comment leur relation évoluerait-elle ? Pour le moment, elle n'avait aucune réponse. Elle avait juste la certitude d'être libre. Une existence pleine de promesses s'offrait à elle. Une excitation qu'elle n'avait jamais éprouvée l'envahit à cette perspective.

Kingsley lui montra une chambre gigantesque, toute en bleu, vert et argent, inondée de lumière. La décoration était malgré tout assez impersonnelle. Il faudrait un peu de temps à Kemi pour se l'approprier. Luke avait probablement ses propres appartements. Ils n'avaient pas abordé cet aspect pratique de leur arrangement…

Elle fit un brin de toilette dans la salle de bains raffinée et revêtit un caftan turquoise, en harmonie avec les couleurs dominantes. Puis, elle descendit au rez-de-chaussée.

La cuisinière avait préparé du riz au safran avec un poisson du lagon au curry et des bananes au four. Il n'y avait qu'un couvert sur la nappe blanche brodée…

Pour la première fois depuis leur arrivée, Kingsley parut hésitant.

— *Oga* se repose, madame. Il vous verra demain matin.

Kemi se laissa tomber sur sa chaise sans dire un mot. Toute sa joie l'avait brusquement quittée avec l'absence de

Luke. Elle n'avait pourtant pas le droit d'être déçue. Il ne fallait rien attendre d'un mariage de convenance.

La pluie vint avec la tombée de la nuit, une violente averse tropicale qui assombrit l'horizon et masqua le célèbre coucher de soleil de Mahé. Quand Kingsley prit congé, Kemi se retira dans sa chambre. Elle se sentait seule et fatiguée, un peu anxieuse aussi à l'idée de se coucher dans un environnement nouveau, privée de la présence rassurante de Tobi.

Pieds nus, en T-shirt, elle sortit sur le balcon. Malgré l'avancée du toit, de fines gouttelettes de pluie l'éclaboussèrent. Elle ferma les yeux pour accueillir la fraîcheur bienvenue. La mine rêveuse, elle posa les mains sur son ventre. Même si sa grossesse ne se voyait pas encore, des changements devenaient perceptibles. Sa sensibilité s'exacerbait.

— Tu aimes le bruit de la pluie ? chuchota-t-elle.

C'était la première fois qu'elle parlait au petit être qui grandissait en elle. Cela lui parut étrange, mais elle continua.

— Cela te bercera et t'aidera peut-être à t'endormir.

Un bruissement, dans son dos, la fit sursauter.

— Qui… ?

C'était Luke.

Vêtu d'un pantalon de pyjama et d'un T-shirt blanc à l'encolure en V, il avait l'air très fatigué, avec des cernes sous les yeux et les traits tirés.

— Désolé si je t'ai fait peur. Que fais-tu dehors ? Il pleut à verse.

— Je prenais le frais. Tu… Tu n'étais pas là au dîner et…

— Non. Viens ici.

Kemi obtempéra. Le coton mouillé lui collait à la peau. On voyait ses formes en transparence…

Luke l'enveloppa d'un regard possessif.

— Tu ne t'es pas encore arrondie, remarqua-t-il doucement.

— Non…

— Le médecin nous donnera des précisions demain.

Il s'approcha.

— Je me suis rappelé que tu faisais des cauchemars…

Une petite étincelle jaillit dans le cœur de Kemi.

— Alors tu es venu.

Il acquiesça avec un sourire contraint.

— Merci, dit-elle simplement.

Elle eut subitement une conscience aiguë de sa présence. Elle était à moitié nue, son corps se souvenait trop bien du sien, et leur rencontre avait éveillé une sensualité qui ne demandait qu'à s'épanouir.

— Tu es trempée, dit-il d'un ton de reproche.

Un désir incontrôlable, presque douloureux, s'empara de Kemi. Instinctivement, elle croisa les bras sur ses seins gonflés, puis les baissa en capitulant. Il ne servait à rien de se cacher. Pas ce soir. Elle avait trop envie de lui. Comment réagirait-il si…

— Il y a un tout petit renflement, juste là, dit-elle en plaçant une paume sur son abdomen. Tu peux toucher, si tu veux.

Une lueur brilla au fond des yeux de Luke, noirs comme la nuit. Une vague de chaleur submergea Kemi. Elle s'étonnait d'avoir osé cette invitation provocante. Quelle témérité…

Il s'avança tout près et saisit le bas de son T-shirt.

La respiration de Kemi s'accéléra.

— Je ne suis pas venu pour cela, protesta-t-il avec brusquerie.

— Je n'avais pas d'arrière-pensée, se défendit-elle.

Tant pis pour ce pieux mensonge.

— Pourquoi veux-tu garder cet enfant ? demanda tout à coup son mari. Je ne t'ai jamais posé la question.

Oh. Elle se mordit la lèvre. Tobi lui avait demandé la même chose, sans obtenir de réponse. Non parce qu'elle ignorait la raison, mais elle n'osait pas la formuler. Elle avait trop peur de se dévoiler.

— Luke…

Elle s'interrompit. Pourquoi manquait-elle de courage au moment où elle en avait le plus besoin ? Elle était tout simplement incapable d'avouer la vérité. La folle nuit d'Abuja avait créé un attachement déraisonnable à Luke qui avait montré tant de prévenance et de délicatesse. Kemi avait un immense besoin d'aimer, si profond qu'il lui paraissait parfois impossible à combler. Luke lui resterait à jamais inaccessible, mais ce bébé était un cadeau inespéré.

Elle aimerait cet enfant, d'un amour inconditionnel.

Il était impossible d'expliquer cela à Luke.

Elle s'humecta les lèvres.

— Ma mère a eu deux filles malgré une santé chancelante. Je ne lui serai jamais assez reconnaissante de m'avoir mise au monde. Je suis heureuse de donner la vie à mon tour…

Luke hocha la tête avec une expression indéchiffrable. Il glissa les mains sous son T-shirt mouillé et elle se mit à bredouiller.

— Luke…

— L'amour d'un enfant est une chose incomparable, dit-il avec une tristesse qui serra la gorge de Kemi. Tu verras.

— Tu l'aimeras, toi aussi ? murmura-t-elle en tremblant.

Elle avait une folle envie de sentir ses mains et sa bouche sur sa poitrine, mais la timidité l'empêchait de réclamer ses caresses.

Devinant sa supplique muette, il se pencha pour embrasser ses seins, avidement.

— Tu l'aimeras, bien sûr. Tu es plein de bonté, ajouta-t-elle.

Il se figea brusquement avec un air tourmenté. Puis il se ressaisit et chuchota quelques mots incompréhensibles.

Fébrilement, ses doigts cherchèrent son sexe.

— Embrasse-moi, implora-t-elle dans un filet de voix.

Les pupilles de Luke se dilatèrent démesurément. En quelques secondes, ils retrouvèrent la magie de la première nuit.

Kemi ferma les paupières quand leurs lèvres se joignirent. Cet élan de passion tant espéré lui fit monter les larmes aux yeux. Luke les essuya avec tendresse, puis sa bouche descendit le long de son corps et s'insinua entre ses cuisses.

Il l'aima sans hâte. Son assurance et sa douceur calmaient l'agitation frénétique et désordonnée de Kemi. Face à sa timidité, il devinait les envies qu'elle avait du mal à nommer. Il humait son odeur avec un plaisir manifeste et la tint longtemps serrée dans ses bras quand elle jouit, à deux reprises.

— J'ai les jambes en coton..., chuchota-t-elle en recouvrant peu à peu ses esprits.

Il se mit à rire, le visage infiniment plus lisse et détendu.

— Tu ne feras pas de cauchemars cette nuit.

Elle secoua la tête vigoureusement. Les tresses qu'elle avait nouées en chignon sur le sommet de son crâne se répandirent sur ses épaules. Après une légère hésitation, elle se redressa.

— Je veux...

Sans achever sa phrase, elle glissa une jambe entre les siennes et tendit la main vers son sexe érigé, sans oser le regarder. Il retint son souffle.

— S'il te plaît, chuchota-t-elle.

Il ne se fit pas prier longtemps.

Elle poussa un cri au moment où il la pénétra. Leurs deux corps s'imbriquaient parfaitement l'un dans l'autre... Tout en prononçant des mots dont elle ne comprenait pas précisément le sens, Luke la guida avec une patience infinie et sut s'accorder à son rythme. Le paroxysme les emporta tous les deux en même temps, dans une harmonie parfaite.

Lorsque, épuisée, elle s'effondra sur son torse, il la tint tout contre lui et elle sombra presque aussitôt dans le sommeil.

9.

Le lendemain, l'aube pointait à peine quand Luke se glissa hors du lit et regagna sa propre chambre. La climatisation n'était pas branchée. Il faisait déjà une chaleur écrasante.

Il vida goulûment la carafe d'eau que Kingsley avait posée sur sa table de chevet et sortit prendre l'air sur la pelouse. Le contact de l'herbe, sous ses plantes de pied, le calma. Attiré par la piscine, il se déshabilla et plongea.

L'eau fraîche lui éclaircit les idées instantanément. Il remonta à la surface et flotta sur le dos en s'absorbant dans la contemplation du ciel, dont le bleu saphir, dans ces îles, recelait un pouvoir enchanteur.

Il allait reprendre le sport, courir et nager tous les jours. Les repas de Kingsley, une activité physique régulière et de bonnes nuits de sommeil le remettraient en forme. Il éviterait Kemi pour rester maître de lui et garder son self-control. Le dernier épisode avait sonné l'alarme. Un destin ironique s'acharnait à répéter le passé. Il fallait réagir.

Tant de choses l'effrayaient… Son émotion, chaque fois qu'il posait les yeux sur sa jeune épouse, la santé de l'enfant à naître, la peur de ne pas être à la hauteur.

Le bonheur n'était pas pour lui. En fait, il le fuyait pour ne pas risquer de le perdre, encore une fois. La tragédie qui avait emporté son fils l'avait brisé. Il ne supporterait pas un nouveau drame.

Luke nagea jusqu'à l'épuisement pour oublier le souvenir

de son enfant qui reposait au cimetière de l'église anglicane All Saints' Church, à quelques kilomètres de là. Puis, les jambes chancelantes, il se dirigea vers une terrasse couverte. Après s'être séché vigoureusement, il s'affala sur une chaise longue et ferma les yeux. Insensiblement, des sensations de la nuit refirent surface. Il se remémora le doux abandon du corps de Kemi entre ses bras, les battements affolés de son propre cœur lorsqu'elle avait évoqué sa bonté. Ses paroles et ses caresses l'avaient subjugué. Elle avait réussi à percer ses murailles défensives.

Kemi.

Elle fondait de désir pour lui. Il lui avait pris son innocence et sa virginité sans presque rien savoir d'elle, dans un moment d'égarement qui ne lui ressemblait pas. Élevé par un père militaire qui lui avait inculqué ses valeurs rigides, il avait vécu une jeunesse sage, sans relations sexuelles avant le mariage. Ebi et lui étaient amoureux depuis l'adolescence et ses camarades se moquaient de sa chasteté, mais peu lui importait. Son cœur, son âme et son esprit étaient complètement voués à sa fiancée, qu'il avait épousée après avoir fait fortune. Malheureusement, sa négligence avait tué leur enfant et Ebi l'avait quitté. Il les avait perdus tous les deux.

Depuis, il s'interdisait tout lien sentimental. Kemi ne ferait pas exception à la règle, même si sa beauté et sa personnalité le fascinaient. Après la naissance du bébé, il subviendrait à leurs besoins, mais sans s'impliquer dans leur relation de couple.

Il ne pouvait pas davantage.

Luke en était là de ses réflexions quand Kemi apparut avec le plateau du petit déjeuner qu'elle posa sur une table basse avant de s'asseoir.

— Tu t'es sauvé comme un voleur, ce matin, commença-t-elle.

Elle portait une robe diaphane, ouverte sur les côtés.

Luke fixa ses longues jambes fuselées sans pouvoir s'en empêcher. En relevant la tête, il surprit son regard sur son torse et elle rougit violemment.

— Je ne veux pas que tu t'inquiètes, dit-elle en se grattant la gorge. Hier…

— Je ne suis pas inquiet, coupa-t-il, le cœur battant.

Tout irait bien. Il fallait juste ignorer la douceur qui brillait dans les yeux de Kemi et exécuter le programme qu'il s'était fixé.

D'abord et avant tout, régler cette histoire de cauchemars. Il ne pouvait pas continuer à dormir dans sa chambre. C'était beaucoup trop hasardeux car il ne résisterait pas longtemps à la tentation. Si elle avait été plus libre, capable d'avoir des relations sexuelles sans s'attacher, il aurait peut-être envisagé les choses différemment…

Mais le pouvait-il lui-même ?

Il était urgent de s'attaquer au problème. Le plus tôt serait le mieux.

10.

Kemi ne comprit pas tout de suite qu'elle avait affaire à une psychothérapeute. Ses premiers jours aux Seychelles se passaient dans un tourbillon, avec une succession de rendez-vous de toutes sortes, médecin, nutritionniste, professeurs de yoga et de self-défense... Kingsley lui donnait son emploi du temps le matin et jusque-là elle s'y était pliée docilement.

Luke ne l'accompagnait jamais.

La femme d'âge mûr qui se trouvait devant elle alluma son ordinateur portable en l'observant par-dessus ses lunettes.

— Merci d'avoir accepté de me rencontrer. Je suis Agnes. Pouvez-vous me dire en quelques mots les raisons de votre présence ici ?

— Euh... Pour avoir mon bébé ? répliqua Kemi, l'esprit confus.

Son interlocutrice pinça légèrement les lèvres.

— Votre mari a évoqué des cauchemars ?

Kemi ouvrit la bouche avec une expression incrédule.

— Excusez-moi, vous êtes... ?

— Je suis ici pour parler avec vous. Si vous le souhaitez. Félicitations pour votre bébé.

Kemi inspira profondément. Pouvait-elle réellement s'ouvrir de ses soucis à une inconnue ?

Il avait plu durant les trois premières nuits. Luke les avait passées avec elle.

Si on pouvait le dire ainsi…

Il dormait dans la même chambre, sur un canapé bleu qu'on avait discrètement ajouté dans un coin. Dès que l'aube se levait, il disparaissait et restait inaccessible toute la journée. Enfermé dans son bureau et absorbé dans son travail. Toutes les tentatives de Kemi pour pénétrer dans ce sanctuaire se heurtaient à un accueil poli mais glacial. Elle s'éclipsait en bredouillant et en s'admonestant pour sa lâcheté. Les quelques fois où elle insistait, il baissait obstinément la tête sur son écran en lui opposant une fin de non-recevoir. Le message était clair.

Néanmoins, il ne manquait jamais de venir la nuit. Il se couchait tranquillement sur le canapé en lui disant bonsoir, sans la toucher. Les battements de cœur de Kemi finissaient par se calmer suffisamment pour qu'elle s'endorme, curieusement partagée entre la déception et le soulagement. Manifestement, Luke regrettait ce qui s'était passé à leur arrivée et elle se reprochait de ne pas oser lui arracher une réponse.

Dans ces conditions, comment avait-il l'audace de lui imposer une séance de psychothérapie ?

— Excusez-moi un instant, dit simplement Kemi.

Elle envoya un texto à Kingsley pour commander du thé et faire patienter la psychiatre pendant qu'elle s'expliquait avec son mari.

Ce n'était sans doute pas la manière la plus élégante de l'interpeller, mais Kemi s'en moquait éperdument. Debout au milieu du hall, elle l'appela à grands cris jusqu'à ce qu'il se montre.

Il apparut sans tarder, un pli soucieux sur le front.

— Tu ne te sens pas bien ? Le bébé… ? Dans ton état, il faut du repos et surtout pas d'agitation.

Elle s'humecta les lèvres et inspira profondément.

— Tu ne te demandes pas pourquoi je suis agitée ?

— Normalement, tu devais voir Agnes aujourd'hui. Je présume que vous avez abordé un sujet difficile ?

Kemi le fixa avec une expression effarée.

— Tu es incroyable.

— Je…

— Tu viens dans ma chambre chaque nuit pour veiller sur mon sommeil, coupa-t-elle en tremblant. Tu m'as fait l'amour une fois, et depuis tu fais comme s'il ne s'était strictement rien passé. Je ne te vois pas de la journée et tu as le culot de m'imposer une thérapeute sans même m'avertir…

— Une psychothérapie te sera très bénéfique, expliqua-t-il avec une patience exaspérante. Tu as tort d'avoir des préjugés. Je ne te forcerai pas, mais cela te ferait beaucoup de bien. Une mère doit donner le meilleur d'elle-même à son enfant…

— *Notre* enfant, rectifia-t-elle, les lèvres pincées.

Balayant d'un geste la précision, Luke s'approcha, prit son menton entre le pouce et l'index et lui parla comme à une enfant.

— Écoute-moi. Tu as été traumatisée. Il faut guérir. Il n'y a rien de pire que d'être écrasé par le poids d'un passé douloureux. Laisse-moi t'aider à prendre un nouveau départ.

Quelle ironie ! Était-il hypocrite ou simplement aveugle ? Ces propos étaient ridicules dans la bouche d'un homme qui se refusait au dialogue et se cadenassait à l'intérieur de lui-même.

Peut-être nourrissait-elle trop d'espérances envers lui ? Luke se sentait responsable du bébé, mais sans rien éprouver pour elle. De quel droit aurait-elle exigé quelque chose ?

La tendresse de la première nuit lui avait laissé une empreinte indélébile. Une aube magnifique s'était levée sur le cours de sa vie, instillant dans son cœur des aspirations nouvelles. Elle n'était pas assez cynique pour cloisonner sensations physiques et émotions.

Dans un sursaut d'opiniâtreté, Kemi entreprit de percer le mystère qui entourait Luke.

— Tu n'as pas le droit de m'imposer une thérapie si tu ne te montres pas plus ouvert. Je ne dirai pas un mot à cette médecin si tu ne me parles pas.

Luke sembla hésiter.

— Si tu insistes, soupira-t-il.

Elle se redressa de toute sa hauteur.

— Oui.

— Agnes n'est pas une inconnue, Kemi. Je l'ai consultée moi-même il y a quatre ans, commença-t-il d'une voix neutre. Mon fils est mort à cause de ma négligence coupable, et malheureusement aucune thérapie n'y changera jamais rien. Je suis porteur de drépanocytose, comme tu le sais, et mon ex-femme l'était aussi. Nous voulions une fécondation in vitro pour être certains d'avoir un embryon sain. Mais nous avons eu des rapports non protégés pendant les vacances et Ebi est tombée enceinte. Elle a refusé d'avorter quand nous avons eu connaissance des résultats des analyses génétiques. Nous avons donc été parents d'un enfant malade.

Kemi écoutait son mari la gorge serrée. Il débitait sa tirade comme un texte appris par cœur, sans expression. Sur son visage, seules ses lèvres bougeaient.

— Il existe des traitements. Certains patients s'en sortent. J'ai dépensé beaucoup d'argent en essais cliniques de toutes sortes. Malheureusement, mon fils était trop faible, et ses organes vitaux gravement atteints…

Il s'interrompit abruptement.

— As-tu déjà vu un enfant souffrir ? C'est pire que tout. Il pleure constamment. Le corps se rigidifie et tremble violemment. On a envie de le tenir pour le bercer, mais le moindre contact lui fait mal. Les gestes maternels les plus naturels et spontanés lui infligent des douleurs insupportables.

Kemi refoula ses larmes pendant qu'il poursuivait.

— Chaque fois qu'on l'emmenait à l'hôpital, on lui

injectait des antalgiques qu'on réserve d'habitude à des adultes après de lourdes interventions chirurgicales. Cela me fendait le cœur. J'étais désespéré. Finalement, quand la mort l'a emporté…

— Oh ! Luke…

— Ce fut une délivrance, Kemi. Aucun enfant ne devrait souffrir ainsi. Ensuite, sa mère a fait une grave dépression. Il était normal de craquer après avoir résisté aussi longtemps.

« Moi, je me suis isolé et replié sur moi-même, sans pouvoir l'aider. À notre mariage, j'avais promis d'être à ses côtés pour le meilleur et pour le pire, de les protéger, elle et notre famille… J'en ai été incapable.

À présent, de grosses larmes coulaient sur les joues de Kemi.

— Je me sens encore plus coupable de cela que du reste, ajouta-t-il au bout d'un long moment. Tu as envie d'instaurer une vraie relation avec moi et ta gentillesse me touche. Malheureusement, c'est impossible. Je suis détruit, irrémédiablement. Toi, tu peux te soigner et t'épanouir, devenir la femme extraordinaire que tu es déjà. Je t'en prie, ne cherche pas plus loin. Cela ne marchera pas. D'ailleurs, je ne le veux pas.

« Voilà, je t'ai tout dit. Agnes t'attend maintenant.

Sur ces mots, il quitta la pièce.

Kemi ne bougea pas.

Elle faillit courir après lui, même si elle n'avait pas la moindre idée de ce qu'elle pourrait lui dire.

Luke s'était insinué dans son cœur. Elle percevait à présent la noblesse de ses intentions. Il voulait la libérer des séquelles de son enlèvement et de son éducation. Il avait lui aussi un complexe de culpabilité dont il n'arrivait pas à se débarrasser. Il se punissait lui-même.

Son comportement distant s'expliquait très bien. Privés de leur raison de vivre par un violent chagrin, les gens devenaient terriblement égocentriques, ce qui entraînait des préjudices non seulement sur eux-mêmes mais aussi sur leur entourage.

Luke se croyait-il indigne d'amour ? Cette pensée lui noua la gorge.

Il s'était verrouillé dans une prison qu'il s'était fabriqué lui-même. Comment pouvait-on vivre ainsi pendant si longtemps ? Pourrait-elle jamais l'aider à se délivrer ? En avait-elle seulement les moyens, alors qu'il l'avait épousée par obligation, à cause d'une grossesse accidentelle ?

Elle aurait tellement voulu… Quelque chose avait mystérieusement éclos au fond de son cœur pendant ces nuits où il veillait silencieusement sur elle…

Protège-toi.

Ce serait de l'inconscience de tomber amoureuse, pire encore que l'impulsion qui l'avait poussée vers lui le premier soir. Pourtant, Kemi tenait à établir une vraie connexion, sincère, authentique. Même si cela ne débouchait sur rien. Ce serait une sorte de remerciement pour ce qu'il faisait. Et l'enfant qu'elle portait aurait un père moins tourmenté.

Après sa discussion pénible avec Kemi, Luke se sentit plus proche de la panique qu'il ne l'avait été depuis très longtemps. Il s'obligea à faire des respirations profondes et s'immergea dans le travail. Kemi perturbait dangereusement son existence. Elle irradiait la douceur et la clarté alors qu'il n'avait aucun espoir de vaincre les ombres qui l'habitaient.

Pourtant, pour la première fois, il se demandait aussi si, après tout, il n'y aurait pas une possibilité d'aller de l'avant. En même temps, l'idée de sortir du chagrin où il se terrait l'effrayait.

Luke éteignit son ordinateur avec un juron. Ce n'était pas la peine d'insister, il n'arrivait pas à se concentrer. Il valait mieux aller nager.

Il se levait quand on frappa à sa porte.

— Entrez, lança-t-il avec un calme étudié.

— C'est moi.

Luke ferma les yeux.

— Je travaille.

Pourquoi n'avait-il pas fermé à clé ? songea-t-il avec irritation en se retournant.

Kemi apparut dans l'embrasure, pieds nus et vêtue d'une de ces robes longues et vaporeuses qu'elle affectionnait. Elle lui sourit timidement.

— Ne t'inquiète pas, je ne vais pas t'importuner. Je voulais simplement m'excuser, Luke.

Il ne voulait surtout pas de sa *pitié*.

— C'est inutile, répondit-il en redressant le menton.

— Je sais.

Sa détermination le mit sur ses gardes.

— Qu'y a-t-il ?

À sa surprise, elle se mit à rire.

— Es-tu toujours autant sur la défensive ?

— Je ne vois pas ce que tu veux dire.

Elle haussa les épaules.

— Je comprends maintenant pourquoi tu tiens jalousement à ta solitude. Mais… n'est-ce pas épuisant ?

Luke se refusait à l'admettre, même si c'était vrai.

— Nous allons avoir un enfant, reprit-elle en posant une main sur son ventre.

Le cœur de Luke se serra. Mais il ne se laisserait pas aller à l'émotion et n'abandonnerait à aucun prix son self-control.

Elle se gratta la gorge.

— Continue, je t'en prie.

Un sourire éclaira le visage de Kemi.

— J'aimerais que nous soyons amis. Cela me paraît important pour bien vivre la coparentalité qui nous incombera dans quelques mois. Je te promets d'être raisonnable et de m'en contenter. Tu es tellement gentil avec moi…

— Tu es ma femme, l'interrompit-il.

Elle secoua la tête.

— Pas tout à fait, mais cela n'a pas d'importance. Je t'offre mon amitié en toute sincérité. Tu en as autant besoin que moi.

Luke cilla. C'était si inattendu qu'il ne savait comment réagir.

— Cela implique quoi, exactement ?

— Simplement de te comporter avec naturel. Si tu ne veux pas me voir, dis-le mais ne m'*évite* pas. Nous pourrions aussi nous promener, faire un peu de tourisme. Nous n'avons pas quitté cette maison depuis notre arrivée…

« Si tu n'en as pas envie, je sortirai seule. Je vis quasiment cloîtrée depuis huit ans, Luke. Je suis avide de grand air et de liberté. Ne me surprotège pas comme mon père. Je suis *fatiguée* de cette existence.

Etonné par sa véhémence, Luke se remémora leur première rencontre, quand Kemi, totalement désinhibée, dansait en se perdant dans la musique. Son bonheur radieux l'avait fasciné encore plus que sa beauté.

Il se leva et s'approcha.

— D'accord, soyons amis. Il ne faudra plus coucher ensemble. Cela a semé la confusion dans nos esprits.

« Tu n'aurais pas dû avoir ta première expérience avec moi, poursuivit-il quand elle baissa les yeux d'un air gêné. C'est dommage, mais j'assume pleinement la conséquence de mes actes.

Quand Kemi hocha la tête, il se félicita d'avoir éclairci la situation. Entre eux, une barrière était tombée.

— Tu peux me faire confiance, dit Kemi au bout d'un moment.

— Je ne m'inquiète pas pour cela. En tout cas, promets-moi de ne pas t'aventurer seule dans le pays. Quelqu'un t'accompagnera si je suis trop occupé. Tu n'es pas en prison ici. Et nous passerons la soirée ensemble, si tu veux.

— En toute amitié.

— Absolument.

Luke prit brusquement conscience de sa solitude. Il s'était complètement coupé de ses amis. Sauf de Jide, mais il le voyait rarement, peut-être trois fois par an.

Comment sortait-on d'un tel isolement ?

Il se secoua et s'éclaircit la voix.

— À tout à l'heure, nous dînerons au restaurant.

Le sourire ravi de Kemi l'emplit d'un curieux mélange de plaisir et d'appréhension.

11.

Dès le lendemain, Luke attendait Kemi dans le hall, en bermuda et chemise de lin assortie, et chaussé de baskets.

— La tenue décontractée te va bien ! lança-t-elle joyeusement.

Puis elle regarda au-dehors et éclata de rire. À son habitude, son mari conservait un visage impassible, mais une lueur nouvelle brillait dans ses yeux.

— Tu avais envie de jouer aux touristes, n'est-ce pas ?

Un bus rutilant, en technicolor, était garé dans l'allée. Luke tapota sur le pare-brise et un petit homme avec une barbiche et une chemisette à fleurs les salua.

— Je te présente Thomas, notre chauffeur. Il va nous conduire à la plage, d'où nous partirons pour une randonnée à pied. Nous reviendrons en hélicoptère. La couleur locale a son charme, mais je préfère mon confort.

Kemi grimpa à l'intérieur en s'esclaffant et Luke s'installa à côté d'elle.

— Démarrez, Thomas !

Luke grimaça quand le véhicule s'ébranla en cahotant. Kemi le taquina d'un ton espiègle.

— En fait, tu es snob ! Tu ne prends jamais le bus, à Abuja ?

— Et toi, fille de roi ?

— Non, malheureusement, tu le sais bien.

Elle s'interrompit tandis qu'une anecdote lui revenait en mémoire.

— Une fois, Tobi a hélé une *okada*, au marché. J'ai très peur en moto, j'ai failli m'évanouir.

Un sourire illumina le visage de Luke.

— Ta sœur te manque ?

— Oui, beaucoup.

— Cette escapade lui plairait ?

— Elle apprécierait la mise en scène. Comme moi. C'est très drôle.

— Tant mieux.

Il ouvrit une bouteille d'eau minérale et remplit deux verres. Puis, un peu embarrassé, il réfléchit un instant.

— J'étais enfant unique. Ce doit être agréable de grandir avec un frère ou une sœur. Invite-la quand tu veux, si tu as envie.

— Merci, dit Kemi, touchée. Pour l'instant, je préfère t'avoir pour moi toute seule. Après tout, c'est notre lune de miel, non ?

À son grand étonnement, Luke se mit à rire.

— Et quelle lune de miel !

Il passa une main sur ses cheveux crépus. D'ordinaire, il les aplatissait, mais elle préférait sa frisure naturelle, qui le rajeunissait et lui donnait l'air moins sévère.

— N'est-ce pas ? répliqua Kemi, pince-sans-rire. Nous sommes dans un endroit de toute beauté, nous régalons d'une cuisine excellente et nos relations alternent entre la passion et les disputes.

Luke pouffa, puis l'observa sans dissimuler son intérêt pendant qu'elle s'absorbait dans la contemplation du paysage. Le véhicule cahotait sur les petites routes, au milieu des collines verdoyantes.

— Ce serait quoi, pour toi, une lune de miel réussie ?

Il faisait des efforts pour engager la conversation,

constata Kemi avec une certaine satisfaction. Mais son regard intense l'intimidait.

— Je n'y ai pas réfléchi dans les détails, répondit-elle en s'adossant contre la banquette. J'imagine plutôt une ambiance générale, un sentiment de sécurité auprès d'un homme rassurant. Dans un décor qui incite au farniente.

— Les Seychelles sont l'endroit idéal, remarqua Luke au bout d'un moment. Je suis tombé amoureux de ces îles à mon premier séjour, quand je cherchais à fuir le bruit et l'agitation du Nigeria. Cela peut paraître morne en comparaison de Lagos, Abuja ou Port Harcourt, mais on y éprouve un délassement extraordinaire. La maison où nous habitions avec ma femme se trouvait sur Eden Island.

Kemi le considéra avec une expression intriguée. Elle ne l'aurait pas cru capable de s'épancher ainsi. Il se détendait vraiment.

— Elle adorait venir ici. Notre bébé s'y sentait bien aussi. La propriété était isolée, loin de tout, mais je n'éprouvais pas le besoin de voir des gens. Je l'ai vendue sans regret.

Le découragement s'empara soudain de Kemi. Si Luke pensait constamment à la famille qu'il avait perdue, elle ne serait jamais de taille à lutter contre ses souvenirs.

Comme s'il lisait dans ses pensées, Luke posa sur elle un regard serein.

— Je te raconte tout cela parce que de vrais *amis* se confient librement. Je passe une très bonne journée. Je suis parfois grincheux et irritable, mais… Kemi, c'est très agréable. Merci.

Elle eut brusquement les larmes aux yeux. Aussitôt, il lui tendit un mouchoir et lui tapota le genou.

— La grossesse, dit-il en guise d'explication.

Elle hocha la tête, contente de cette excuse.

— Je deviens hypersensible, dit-elle en s'essuyant les joues.

— Que ressens-tu, physiquement ?

— Surtout une grande sensibilité aux odeurs. Par exemple, le poisson cru me soulève l'estomac, mais j'ai quand même envie d'en manger.

— Tu vas peut-être donner naissance à une sirène, plaisanta Luke.

— *Olorun maje*, murmura Kemi en frissonnant.

Comme beaucoup de Nigérians, elle était superstitieuse et croyait aux êtres surnaturels. Les récits de son enfance l'avaient profondément marquée. Mais les esprits qui peuplaient les mers n'étaient pas toujours animés des meilleures intentions.

— Non merci, murmura-t-elle.

— Elles séduisent les hommes trop crédules qui se trouvent sur leur passage, poursuivit Luke sur le même ton taquin. Je me demande parfois si tu n'en es pas une.

— Hélas non !

L'atmosphère, entre eux, s'était beaucoup allégée, même si la proximité physique de Luke troublait toujours autant Kemi. Un cahot particulièrement violent la projeta contre lui et il la retint brièvement par les épaules.

— Tu es sûre ? chuchota-t-il à son oreille.

À la déception de Kemi, il s'écarta trop vite. Le moment était passé…

— Je suis content que tu ailles bien, dit-il quelques minutes plus tard.

Kemi commença à soupçonner qu'une *amitié* serait peut-être plus difficile qu'elle n'avait imaginé.

Ils firent le tour de l'île sur des petites routes tortueuses qui montaient et descendaient sans arrêt. Les Seychelles possédaient une beauté sauvage, mais empreinte de douceur. La végétation luxuriante atténuait la rudesse des escarpements rocheux et la chaleur poussait à l'indolence et au plaisir.

Luke avait manifestement résolu de faire un coup d'éclat avec cette première sortie. Il avait privatisé la plage dorée où ils s'arrêtèrent. Ils dirent au revoir à Thomas et regardèrent le bus disparaître dans un nuage de poussière. Puis, Luke sortit des chaussures de marche de son sac à dos.

— J'espère que le sentier ne sera pas trop accidenté pour toi. Tu te sens suffisamment en forme ?

— Bien sûr !

— J'appellerai l'hélicoptère si jamais il y a un problème.

— Ne t'inquiète pas, j'ai une forte constitution, dit-elle en se donnant une tape sur les hanches. Et j'ai un mari solide sur qui m'appuyer.

Il répondit avec un clin d'œil en montrant ses biceps. Sa minceur était trompeuse et elle avait découvert avec étonnement sa puissante musculature la première nuit…

Luke toussota et elle se ressaisit en ajustant son chapeau à large bord pour dissimuler sa rougeur.

— Allons-y ! lança-t-elle gaiement.

Kemi n'était pas déçue. La joie se lisait dans ses yeux pétillants. Ils longèrent d'abord la plage de sable fin, parsemée de gros blocs de pierre chauffés au soleil, propices à la sieste ou l'escalade. Luke proposait souvent des pauses pour se désaltérer ou observer des oiseaux à la jumelle. Soucieux d'épargner une fatigue trop intense à Kemi, il surveillait son pouls régulièrement. Les eaux turquoise du lagon, irrésistibles, miroitaient dans l'air translucide.

Ils se baignèrent longuement. Puis, comme son bras lui faisait mal, Kemi s'assit tranquillement au bord de l'eau, pendant que Luke nageait vigoureusement jusqu'au récif. Quand il la rejoignit, une agréable sensation de bien-être se répandit dans tout son corps.

Ils s'entendaient bien, sans avoir besoin de beaucoup parler.

— Tu es contente ? demanda-t-il en s'accroupissant à côté d'elle.

— Très. Mais je meurs de faim !

— Kingsley nous a préparé le pique-nique du siècle. Il y a tellement à manger que tu ne pourras plus marcher.

Luke avait tout organisé à l'avance et fait transporter les victuailles à la halte prévue pour le déjeuner.

Kemi se leva avec entrain.

— Je peux allumer un feu sur la plage, pour réchauffer les grillades de poisson.

— Tu sais faire cela ? s'étonna-t-il.

— Parfaitement.

Ils ramassèrent des algues séchées et du bois mort. Puis, Kemi creusa un trou dans le sable, entassa le combustible et gratta une allumette. Elle chercha une feuille d'aluminium dans le panier, y plaça la nourriture et disposa le tout au-dessus des flammes.

— Nous faisions souvent cela avec mon père, se rappela-t-elle rêveusement. Ce sont mes meilleurs souvenirs d'enfance. Avant le kidnapping.

Assis côte à côte, avec leurs épaules qui se touchaient presque, ils se perdirent dans la contemplation du feu. Derrière eux, un boy surgi de nulle part installa une tente de fine gaze blanche, avec une table, des chaises et de la vaisselle.

— Tu as vraiment pensé à tout, murmura Kemi, la mine songeuse.

Son parfum floral, mêlé de sel et d'embruns, attirait Luke irrésistiblement.

Quand, avec un soupir, elle appuya la tête au creux de son épaule, il la serra tout naturellement contre lui.

— Tu es fatiguée ? s'enquit-il. Nous avons peut-être un peu trop marché.

— Oui, admit-elle. Mais cela m'a fait un bien fou. Je

manque tellement d'exercice ! J'aurai sûrement des courbatures demain, mais c'est une bonne fatigue.

— Tu n'as pas mal à ton bras ?

Elle massa sa cicatrice, qu'elle prenait toujours soin de protéger avec une bonne crème solaire.

— J'ai eu la chance de récupérer entièrement la mobilité, même si je sens des tiraillements de temps à autre.

Elle redressa la tête.

Tout à coup, sous son regard clair et pur, Luke éprouva de la difficulté à respirer. Même sans maquillage, Kemi était d'une beauté renversante. Ses tresses relevées en queue-de-cheval dégageaient son joli visage. En dépit de toutes ses résolutions, il ne put s'empêcher de poser une paume sur sa joue.

Kemi soupira. Manifestement, elle ressentait la même chose que lui, une sorte d'élan naturel, irrépressible, qui les poussait l'un vers l'autre.

— Je regrette de ne pas être celui que tu voudrais, dit-il avec une nostalgie poignante.

C'était la première fois qu'il se laissait aller à l'émotion depuis le soir magique où la merveilleuse jeune femme avait fait irruption dans sa vie. Cet aveu libéra quelque chose en lui, qu'il réprimait d'ordinaire avec une volonté farouche.

— Tu ne peux rien donner à personne à moins d'être heureux toi-même, répliqua Kemi tristement.

Elle prit sa main et la posa sur la rondeur de son ventre.

— Notre enfant t'attend, Luke. J'espère que tu pourras lui offrir tout l'amour qu'il mérite.

Ses paroles résonnèrent profondément en lui, dans le vide creusé par la perte de son fils. Il tressaillit. Son premier instinct fut de reculer vivement, mais, pour une fois, il résista.

— J'ignore si j'ai encore quelque chose à offrir, répondit-il avec les accents de l'homme qu'il était autrefois.

— Évidemment, l'assura-t-elle avec une conviction qui

le surprit. Le premier soir, j'ai tout de suite été attirée par l'impression de sécurité que tu dégageais. Je la ressens dès que tu me touches. Tu as beaucoup à donner. Tu ne serais pas obligé de te protéger si tu n'avais pas autant souffert. Tu es tout à fait capable de changer. Tu as juste… peur.

Tu as juste peur. Elle avait raison, bien sûr.

— Si tu savais…

— Je ne te condamne pas, coupa Kemi. Je dis seulement que je comprends pourquoi nous ne pouvons pas…

Elle laissa sa phrase en suspens. Dans le silence qui suivit, on n'entendit plus que les bruits de la nature.

— Si Dieu le veut, ce bébé sera en bonne santé, reprit-elle dans un chuchotement. Et tu l'aimeras avec la bonté d'âme que tu montres déjà envers moi.

Subitement, une espérance folle, totalement déraisonnable, submergea Luke. Dans ce petit coin de paradis, tout semblait possible. Pour une fois dans son existence, il ne songea qu'au présent, sans se soucier des conséquences. Il fallait cueillir le bonheur quand il se présentait, dans l'instant. Tant pis s'il ne durait pas.

Sans réfléchir, il se pencha vers Kemi et l'embrassa.

Le bonheur…

En savourant la douceur de ses lèvres, la tiédeur de son souffle qui se mêlait au sien, dans la lumière dorée du paysage paradisiaque, l'un des plus beaux au monde, il se dit qu'il l'avait à portée de main.

Ce fut un moment plein de délicatesse, très éloigné de la passion qui l'avait égaré au début. Sa bouche explora sans hâte celle de Kemi, avec une tendresse et une adoration empreintes de respect.

Kemi gémit doucement.

— Non…, souffla-t-elle dans un murmure presque inaudible.

Luke s'immobilisa, puis s'écarta, la respiration haletante.

— Je suis désolé. Je n'ai plus ma tête à moi. Le soleil, sans doute…

Elle ne répondit rien tout d'abord, et lui prit la main. Les doigts entrelacés, ils demeurèrent de longues minutes front contre front, à essayer de récupérer leurs esprits.

— Tout le monde a droit au bonheur, dit enfin Kemi après avoir longtemps cherché les mots justes. Toi aussi, Luke. Tu le mérites.

Personne n'avait encore dit cela à Luke. Sauf Jide, peut-être. Mais il le connaissait depuis longtemps, bien avant la tragédie qui l'avait frappé et métamorphosé.

— Je ne saurais même pas par où commencer, avoua-t-il tandis que sa femme l'enlaçait.

— Cela me semble un bon début, répondit-elle.

Ils roulèrent silencieusement sur le sable de corail blanc, et le temps s'arrêta.

12.

Kemi aurait voulu que cette journée dure l'éternité.

C'était tout ce dont elle avait rêvé.

Leur étreinte les laissa d'abord étourdis et intimidés. Pour masquer leur embarras, ils s'activèrent et firent griller du poisson qu'ils mangèrent en riant avec les doigts. Ils se baignèrent et pataugèrent longtemps dans l'eau incroyablement chaude et limpide, puis s'allongèrent sur le sable. Des plateaux de fruits frais les attendaient sous la marquise. Ils savourèrent ananas, papayes et caramboles devant le soleil couchant. Puis ils allèrent en ville, dans l'un des nombreux night-clubs du centre.

Le bras de Luke ne quitta pas la taille de Kemi. Ils burent de délicieux mocktails exotiques et dansèrent tendrement enlacés. Le cœur de Kemi battit la chamade toute la soirée.

À leur retour à la villa, elle marqua un temps d'arrêt sur le seuil.

— Qu'y a-t-il ? demanda Luke en réprimant un bâillement.

— C'est stupide, mais je n'ai pas envie de rentrer. Il fait si bon…

— Il est 3 heures du matin, Kemi.

— Je sais bien, murmura-t-elle à regret.

— Prenons un thé sur le balcon, suggéra-t-il, le regard brillant. Le temps de bavarder encore un peu. Mais ensuite, au lit. J'insiste. Tu as besoin de repos.

Elle hocha la tête et s'éclipsa dans la salle de bains

pour prendre une douche. Luke l'attendait, les yeux dans le vague et l'air pensif.

— Merci pour cette journée, dit Kemi avec un sourire.

Il marmonna une réponse inintelligible.

— C'était ma première sortie en amoureux, déclara-t-elle avec entrain. Peu importe ce que nous sommes l'un pour l'autre, je le vois ainsi.

Il haussa les sourcils.

— Vraiment ? Même pas avant…

— J'avais *seize* ans. Mon père veillait jalousement sur moi.

— La vie de princesse n'est pas toujours rose…

— En effet.

Il lui tendit une tasse.

— Miel, ananas et feuilles de framboisier, annonça-t-il comme elle plissait le nez. Un mélange spécial pour la grossesse.

— Ah.

Elle avala une gorgée et ferma les yeux avec une sensation de fatigue agréable.

— Je vais bien dormir cette nuit.

— Parfait.

Luke avait retrouvé son intonation un peu sèche d'homme d'affaires. Elle se consola de sa déception en se remémorant la scène d'amour sur la plage et ses baisers tendres. Un autre homme existait, elle l'avait découvert.

Il s'était dévoilé en montrant son désir.

Elle observa à la dérobée son visage sombre, indéchiffrable.

Saurait-elle de nouveau exciter son désir ? Avait-elle ce pouvoir ?

Rougissante, elle se cacha derrière sa tasse. Obtiendrait-elle l'amour dont elle avait tant besoin si elle abattait le rempart derrière lequel il se protégeait ? Pouvait-elle gagner ?

Quand elle le regarda à nouveau, il s'était endormi. En tout cas, l'idée folle de le conquérir avait germé en elle.

Elle lui avait demandé d'aimer leur enfant. Pouvait-elle espérer davantage ?

Peut-être, si tu te montres telle que tu es vraiment, si tu dis ce que tu veux, en toute honnêteté…

Sa gorge se serra. Oserait-elle s'exposer ainsi, afficher sa vulnérabilité ? Le jeu en valait la chandelle.

13.

Malgré de multiples occupations le lendemain, Kemi continua à s'interroger sans répit. Une consultation médicale une séance avec Agnes et une heure de self-défense ne parvinrent pas à éloigner les questions qui l'obsédaient. Après l'entraînement, elle s'essuya devant la grande glace de sa chambre avec une serviette parfumée en s'appliquant à calmer sa respiration. Un feu intérieur brûlait en elle, attisé par l'activité physique. Son visage et son corps irradiaient la plénitude d'une femme à la sensualité épanouie.

Prise d'un léger vertige, elle ferma les paupières. Sa libido se manifestait sans crier gare, d'une manière totalement inattendue.

Luke.

Pieds nus, elle quitta la pièce, descendit silencieusement au rez-de-chaussée et se dirigea vers son bureau. Elle avait envie qu'il la voie ainsi, vulnérable et en proie au désir.

Elle était lasse de se cacher.

Devant sa porte, elle prit une profonde inspiration, redressa les épaules et entra.

— Tu veux savoir quelle technique j'ai apprise ce matin ?

Kemi. Bien sûr.

Elle portait un legging rose vif et un débardeur humide de transpiration. Sa peau luisait et elle avait les yeux brillants.

Il s'éclaircit la voix.

— Le nouveau coach te plaît ?

— Beaucoup.

Il repoussa une petite pointe de jalousie.

— Parfait. Il viendra deux fois par semaine.

— Il faudra peut-être ralentir le rythme dans quelque temps. Je suis enceinte.

Oh. Il plissa le front.

— Pardonne-moi, je l'oublie parfois.

Kemi se frotta l'épaule.

— Tu as mal ?

— Pas vraiment, juste une raideur…

— Tu n'as pas fait d'étirements ? J'ai pourtant prévenu ton entraîneur, pour ton bras.

— Tout va bien, ne t'inquiète pas. Je suis juste un peu rouillée.

— Viens ici. Je vais te masser la nuque.

Elle se mordit la lèvre et hésita une fraction de seconde.

Dès qu'il posa les mains sur ses épaules, Luke soupçonna que les motivations de Kemi n'étaient pas très claires… Il ne fit néanmoins semblant de rien.

— Dis-moi si je te fais mal.

Kemi savait parfaitement cacher sa nervosité, mais au cours des derniers jours il avait appris à en détecter les signes. Elle crispait les mâchoires ou déglutissait avec effort.

Ce jour-là, son corps ne manifestait pas la moindre tension. Souple et docile, il irradiait une sensualité charnelle, presque animale. Son T-shirt moulait ses seins avec un érotisme fou. Luke dut se maîtriser pour ne pas l'embrasser au creux du cou, là où son pouls battait. Il avait envie de suivre du bout des lèvres le mouvement de sa respiration, de descendre lentement vers sa poitrine. Ses narines frémissaient. Elle sentait si bon…

— Luke, souffla-t-elle.

Il secoua la tête et exerça une pression légère sur son cou, de chaque côté.

— Chut, commanda-t-il un peu plus sèchement qu'il ne voulait.

Elle passa outre, se haussa sur la pointe des pieds et pressa avidement sa bouche sur la sienne.

Il ne résista pas. Il était vain d'essayer. Sur la plage, leur baiser était né avec tendresse, d'une conversation à cœur ouvert. Cette fois-ci, il s'agissait d'autre chose, d'infiniment plus physique, plus primaire. La princesse Kemi Obatola avait réduit ses défenses à néant. Ses remparts protecteurs s'effondraient.

Impossible de lutter quand elle affichait clairement ses propres désirs.

— Luke, s'il te plaît, implora-t-elle en se frottant contre lui.

Quand il glissa la main dans son legging, leurs gémissements conjugués emplirent le silence. Son sexe était chaud et moite. Elle se tendit vers lui et commença à trembler sous le frôlement de ses doigts. Il s'immobilisa et secoua la tête lorsqu'elle protesta.

— Pas tout de suite.

— *Pourquoi ?*

— Je veux d'abord te voir nue.

Sa propre voix sonna étrangement à ses oreilles, avec une tonalité rauque qu'il ne reconnaissait pas. Dans les yeux de Kemi, les pupilles se dilatèrent démesurément quand il lui ôta T-shirt et brassière. Enfin, il put enfouir le visage entre ses seins.

— J'ai beaucoup transpiré, murmura-t-elle.

— Tu es parfaite.

Elle se mordit la lèvre quand il mordilla une pointe de sein.

— *Luke.*

— Tu aimes cela ? demanda-t-il entre deux baisers, en se délectant de son goût de miel sauvage.

Pour toute réponse, elle se cambra à sa rencontre. Tant pis si sa jouissance venait trop vite.

Il fit glisser son legging le long de ses jambes et écarta doucement ses cuisses. Le cœur rose tendre de sa féminité le réclamait. Il l'explora sans hâte et l'amena au paroxysme en s'efforçant d'oublier l'urgence de son propre corps.

Puis il attendit, la joue contre son sexe, que sa respiration revienne à la normale.

Ce fut elle qui réagit la première. Elle roula sur le côté et s'installa sur lui à califourchon. Puis, avec une intrépidité qui l'étonna, elle le prit en elle en bougeant les hanches, résolument.

— J'ai envie, chuchota-t-elle. S'il te plaît.

14.

Elle se sentait étrangement fragile, un peu embarrassée aussi de s'exposer sans pudeur ni retenue. C'était seulement la troisième fois qu'elle faisait l'amour. Cela semblait indécent ici, dans ce lieu inhabituel, sous la lumière crue…

— Kemi.

Ses yeux d'un noir liquide la happèrent. Il caressa doucement la courbe de son ventre, avec une tendresse bouleversante.

— Tout va bien, chérie.

Elle retint son souffle une fraction de seconde, avant de se laisser emporter par les sensations qui montaient, de plus en plus fortes, de plus en plus intenses. Ses cuisses et ses hanches bougeaient naturellement, comme mues par une volonté propre. Les doigts de Luke cherchèrent à s'insinuer dans les replis de son sexe, mais elle repoussa sa main. Elle voulait conserver le contrôle sur le plaisir qu'elle lui donnait et guetter les signes de sa jouissance.

Elle les lut d'abord sur son visage, avant même de sentir les contractions de ses muscles et ses doigts qui se crispaient sur ses fesses. À ce moment-là, elle lâcha prise et sombra elle aussi. Ses tresses retombèrent autour d'eux comme un écran protecteur et parfumé.

Luke prononça des paroles incompréhensibles, dans une langue qu'elle ne connaissait pas. Au moment où il se retira, Kemi éprouva un brusque sentiment de perte, d'abandon, et croisa les bras sur sa poitrine.

— Ne te cache pas, princesse. Tu es si belle !

Pour la première fois, ce mot, dans sa bouche, sonnait avec un accent de tendresse et non comme une moquerie. Enhardie, elle l'embrassa.

Quand Kemi s'écarta, il la retint avec un soupir.

— Merci, murmura-t-elle.

— Pour quoi ?

— Tout ce que tu fais…

— Tu ne me remercies pas pour le sexe, j'espère…

— Mais c'est si bon…, dit-elle simplement.

Luke l'entourait d'innombrables attentions qui en disaient long sur sa personnalité hors du commun. Il l'avait libérée de la prison palais de son père alors qu'elle était incapable de conquérir son indépendance. Il la sécurisait. Quand il faisait l'amour, il veillait avant tout à son plaisir à elle, avec une prévenance et des égards constants. Luke Ibru était un homme bien, sur tous les plans. Plus elle le découvrait, plus elle l'appréciait.

Attention à ne pas tomber amoureuse ! avertit une petite voix intérieure. Mais n'était-ce pas déjà trop tard ?

Tu l'aimes. La prise de conscience, brutale, lui coupa le souffle. Elle serra les yeux très fort pour empêcher Luke de lire ce qui s'y reflétait.

— Luke…

Il aurait fallu se lever, s'étirer, aller prendre une douche… Elle n'arrivait pas à rompre l'intimité de ce merveilleux instant.

Mon amour.

— Kemi…

— Non, n'ajoute rien.

Son cœur était trop plein. Elle ne voulait rien entendre de négatif.

— Je sais que tu n'es pas amoureux.

Il plissa le front.

— Kemi…

Elle secoua la tête. Il ne fallait pas lui donner une chance de la repousser. Si elle avouait ses sentiments, il essaierait de la convaincre qu'elle se trompait, qu'il était normal de s'emballer après une première expérience sexuelle, qu'elle confondait gratitude et amour… Elle ne supporterait pas ses explications logiques. Son rejet l'anéantirait.

— Je n'espère pas l'impossible. Je voudrais juste…

Elle laissa sa phrase en suspens.

Luke demeura silencieux pendant de longues minutes. Puis il posa le menton sur le sommet de sa tête.

— Je ne peux pas. Tu le sais.

Kemi ignora la douleur sourde qui l'étreignit.

— Oui… En tout cas, cette histoire d'amitié ne marche pas vraiment entre nous !

À sa grande surprise, Luke éclata de rire.

— J'avoue que j'ai du mal à m'en tenir à mes résolutions.

Il ne repoussa pas Kemi quand elle se lova tout contre lui. Un doux cocon, un peu irréel, une bulle hors du temps, les enveloppait, dont il ne semblait pas prêt à sortir lui non plus.

— Quelque chose en toi, j'ignore quoi, ébranle mes certitudes…

— Que veux-tu dire ?

Il ne répondit pas et joua distraitement avec ses tresses. Son expression songeuse laissait un fol espoir à Kemi.

Cesse de projeter tes désirs sur lui.

Elle lui avait seulement promis son amitié, en dépit des sensations voluptueuses qui s'épanouissaient dans son corps. À l'évidence, Luke préférait rester discret sur les épisodes érotiques qui surgissaient sans prévenir.

— J'aimerais prendre le petit déjeuner avec toi demain matin, suggéra-t-elle doucement. Tu n'auras pas trop de travail ?

— Je prendrai le temps, promit-il.

Luke s'immobilisa sur le seuil de la salle à manger.

— Je ne m'attendais pas à un festin ! J'aurais dû m'habiller mieux !

Un rire nerveux s'échappa de la gorge de Kemi.

— J'en ai peut-être un peu trop fait, admit-elle.

La table, recouverte d'une nappe de lin blanc raffinée, croulait sous les plats en argent. Des œufs au bacon à l'anglaise côtoyaient le *moin-moin* nigérian traditionnel, avec de l'igname, des oignons frits et des écrevisses. Les haut-parleurs diffusaient du jazz afro en sourdine et de minuscules bougies ajoutaient des points lumineux aux rayons de soleil qui filtraient à travers les rideaux.

Kemi évoluait au milieu de cette splendeur revêtue d'une tunique en soie sauvage couleur cuivre, de minuscules bagues en or aux doigts de ses pieds nus. Ses tresses détachées retombaient jusqu'à sa taille. Elle semblait l'incarnation vivante d'une déesse, digne d'adoration. La gorge de Luke se serra.

Elle était absolument radieuse.

Décontenancé par les palpitations qui l'agitaient, Luke se secoua. Devenait-il sentimental ? Comment pouvait-il donner prise à la tendresse ? Ces dernières années, il avait cultivé une indifférence froide qui le protégeait efficacement. Pourquoi une jeune femme qu'il connaissait à peine s'insinuerait-elle dans le secret de son être ?

Cela ne durera pas, chuchota une voix intérieure, implacable et aigre-douce. *Une malédiction pèse sur toi. Tu l'entraînerais dans ta chute, sans pouvoir la protéger. Tu lui porterais malheur, à elle et à l'enfant, comme aux autres.*

Pourtant, stupidement, il avait envie d'elle. Il s'approcha et la serra dans ses bras.

— Merci pour ce petit déjeuner somptueux, princesse.

Elle trembla un peu, puis s'immobilisa.

Pourquoi avait-il la gorge nouée ? Il effleura un endroit

sensible, sur sa nuque, qu'il avait souvent embrassé, puis posa une paume sur sa joue. Elle ferma les yeux et redressa la tête pour s'offrir à sa caresse.

Elle s'épanouit, songea-t-il. Il ne pouvait même pas s'en glorifier. Il lui avait juste permis de sortir de l'ombre pour se tenir dans la lumière. Il reconnut l'aiguillon familier du désir, mêlé confusément à autre chose, le besoin de la retenir, de la garder.

Il ne fallait pas s'y abandonner. Le chagrin occupait trop de place dans son cœur. De toute façon, il ne voulait pas courir le risque de la perdre… Tant de drames pouvaient surgir… La maladie, la mort, la séparation… C'était déjà arrivé, dans cet ordre-là. La vie n'avait pas été tendre avec lui, il ne survivrait pas à une nouvelle tragédie.

Il devait garder ses distances.

Avec un soupir langoureux, Kemi enfouit le visage au creux de son cou. Il s'écarta le plus délicatement possible, malgré une extrême réticence. Mais il ne fallait pas s'habituer à Kemi, sa voix, la tiédeur de son corps, son tempérament chaleureux…

Il s'assit et la servit en premier, galamment.

— Comment te sens-tu, ce matin ?

— Très bien. Juste un peu fatiguée, c'est tout.

— Tu en es à combien de temps ?

— Treize semaines.

Sa taille s'était à peine épaissie. Son ventre ne s'était pas encore arrondi.

— Ma belle-mère dit qu'une première grossesse peut rester discrète jusqu'au sixième mois, ajouta-t-elle. C'est sans doute puéril, mais j'aimerais que cela se voie.

— Tu auras une échographie dans quelques jours, observa-t-il d'une voix neutre, bizarrement distante. Tu n'es pas porteuse de drépanocytose, nous sommes au moins rassurés sur ce point. Malheureusement, personne n'est à l'abri des mauvaises surprises.

Oh. Le bel enthousiasme de Kemi retomba d'un coup. Elle détestait ce ton condescendant. Pourquoi troublait-il le merveilleux romantisme qu'elle ressentait depuis la veille ? Elle se força à compter jusqu'à cinq avant de répondre.

— Et si jamais il y a un problème ?

Luke ne broncha pas.

— Nous aviserons en temps voulu.

Nous aviserons en temps voulu. Instinctivement, Kemi porta une main protectrice sur son ventre.

— Tu veux un bébé en parfaite santé ?

— Évidemment, répondit-il sèchement. Tu n'as aucune idée de…

Sans le laisser finir, elle bondit et jeta sa serviette sur la table.

Il resta bouché bée.

— Tu. Es. Un. Imbécile.

— Excuse-moi…

— *Lâche*, en plus. Tu as changé de sujet dès que la conversation a pris un tour trop intime. Tu redeviens la personne froide qui est venue me demander en mariage au Nigeria. Tu me remets à ma place en me rappelant cruellement…

— Kemi…

— Quels que soient mes sentiments à ton égard…

Trop tard, c'était dit. Il fallait continuer.

— … nous étions d'accord pour être amis. Et coparents. Tu n'as pas assisté à un seul rendez-vous médical avec moi. J'ignore si tu préférerais une fille ou un garçon, quels prénoms tu choisirais et les traditions de ton ethnie pour célébrer une naissance. Je ne sais même pas si tu souhaites être présent à l'accouchement. La seule et unique fois où tu t'exprimes, tu dis que tu le *tueras* s'il n'est pas normal.

— Kemi ! coupa-t-il, horrifié par son accusation. Je n'ai jamais…

— C'est méchant et égoïste. Tes malheurs t'ont rendu cruel et égocentrique. J'en ai assez !

Quel idiot !

Elle tourna les talons et s'enfuit précipitamment en espérant que Luke s'élancerait à sa suite.

Il n'en fit rien.

Une femme raisonnable se serait réfugiée dans sa chambre pour pleurer. Ensuite, elle aurait posé des compresses sur ses yeux bouffis et aurait consulté son médecin. Mais Kemi, à son habitude, réagit impulsivement. Elle enfila ses chaussures de randonnée dans l'entrée et claqua la porte derrière elle. Avec sa robe, elle devait avoir une allure ridicule, mais elle se souciait fort peu de son apparence en ce moment.

Elle avait besoin d'air.

Après avoir franchi la grille du parc, elle cilla, un peu désorientée par la chaleur et la lumière vive. Elle n'avait pris ni lunettes de soleil ni chapeau. Elle commença à marcher sans savoir où elle allait.

Son instinct lui commandait de trouver la plage et la mer. Le calme et la solitude l'aideraient à se recentrer. Elle s'étendrait sur le sable fin et respirerait à fond. Avec un père colérique et autoritaire, les occasions n'avaient pas manqué pour mettre au point des techniques efficaces de relaxation.

Elle n'aurait jamais imaginé s'en servir à cause d'une dispute avec son mari… Si seulement elle n'éprouvait pas un tel attachement envers lui… Elle refusait encore parfois de nommer clairement ses sentiments par peur d'avoir le cœur brisé.

Kemi pressa le pas jusqu'à un arrêt de bus. En échangeant quelques mots avec le chauffeur et des passagers, elle finit par atteindre sa destination. Pour quelqu'un qui vivait en recluse depuis des années, se débrouiller seule était un véritable exploit.

Finalement, ce n'était pas si compliqué. Une fois la première frayeur passée, c'était même excitant et enivrant.

Quelle fantastique victoire sur soi-même !

Kemi essuya son front moite. Elle regrettait un peu de ne pas partager cet instant de fierté avec quelqu'un, mais les autres ne pouvaient pas vraiment comprendre. En tout cas, elle était guérie et cette prise de conscience lui redonna confiance. Elle n'avait plus rien à craindre et aurait désormais la force d'affronter n'importe quelle épreuve. Peu importait ce qui adviendrait de sa relation avec Luke. Tout irait bien, non seulement pour elle, mais aussi pour son enfant.

Ses paumes palpèrent doucement son ventre. Il faudrait encore attendre plusieurs semaines avant de percevoir les mouvements du bébé. Mais ses doigts sentaient une fermeté et une rondeur nouvelles. Elle était *contente*.

— Je suis heureuse que tu sois là, dit-elle à mi-voix, dans un élan de sincérité.

Elle n'avait pas besoin de Luke. Certes, elle l'aimait pour la force et la protection dont il l'entourait. Mais elle saurait s'en passer. Sans s'effondrer. Elle avait suffisamment de ressources en elle pour être indépendante.

Elle redressa le menton et fixa un point, à l'horizon. L'endroit où elle voulait se rendre était assez loin, mais elle savait précisément jusqu'où ses pas la porteraient. Là-bas, elle achèterait de l'eau et des fruits dans une cahute, se tremperait les pieds et s'allongerait sur un gros rocher. Quand elle serait complètement en paix, elle rentrerait.

Pour l'instant, elle ne voulait pas penser à Luke, mais seulement à elle et à toutes les possibilités que l'avenir lui réservait, avec ou sans lui.

Lagos. Les Seychelles. Abuja. L'Amérique.

Le *monde entier* s'ouvrait devant elle.

Luke commença à s'inquiéter dans l'après-midi, quand Kemi rata son cours de self-défense. Jusque-là, il s'était trouvé toutes sortes d'excuses pour avoir gâché leur tête-à-tête au petit déjeuner.

J'ai seulement dit la vérité. Tant pis si...

Oui, il avait parlé franchement, mais sans ménagement, d'une manière froide et clinique, pour éteindre la lumière trop vive qui brillait dans les yeux de Kemi. Il voulait mettre un terme à leur relation, étouffer les émotions qui étaient en train de naître.

Il avait réussi. Elle était partie.

Toute seule.

Sur une île qu'elle ne connaissait pas. Les Seychelles n'avaient rien de comparable avec l'immensité d'Abuja ou Lagos. Néanmoins, Kemi était fragile et inexpérimentée. Elle risquait d'avoir peur et de se perdre si elle s'aventurait trop loin. Il y avait aussi des endroits peu recommandables et mal famés...

Heureusement, il avait les moyens de la retrouver facilement. La technologie informatique n'avait pas de secret pour lui. Il se brancha sur l'application connectée au GPS de son portable et suivit son parcours sur l'écran.

Elle avait pris un bus ou un taxi pour se rendre à la plage, *leur* plage, celle où ils avaient été heureux ensemble, avant qu'il ne saccage tout.

Luke demeura sans bouger, paralysé, à songer à tout ce que cette jeune femme représentait pour lui. Il y avait tant de douceur et de gentillesse en elle... Dès qu'il l'embrassait, il avait envie de se perdre dans son odeur, de caresser sa peau satinée, de se dissoudre complètement en elle, sans plus savoir où commençait son corps et finissait le sien. Mais c'était plus qu'un désir purement physique.

Cela ressemblait à une noyade.

Il connaissait Kemi. Elle reviendrait. Avec son tempérament opiniâtre, elle n'abandonnerait pas la partie. La question était de savoir ce qu'il ferait, lui.

Tu dois essayer.

La réponse surgit du plus profond de son être, d'un endroit où se cachait encore l'homme qu'il était avant. Cette voix s'était déjà manifestée à plusieurs reprises depuis sa rencontre avec Kemi. Chaque fois, elle se faisait plus forte et insistante. Mais était-ce vraiment possible de revivre, d'aimer à nouveau ?

Tu dois essayer.

Kemi avait raison. Son malheur l'avait replié sur lui-même. Il était devenu égoïste, complètement fermé aux autres. Il n'était plus lui-même, ni celui qu'il voulait être.

Repoussant impatiemment sa tablette, Luke s'absorba dans ses réflexions. Ses idées s'éclaircirent. Il comprit brusquement ce dont il avait besoin et ce qu'il voulait partager avec elle.

Il ne lui parlerait pas au téléphone. Il voulait présenter ses excuses de vive voix.

Il revint à son écran. Le petit point rouge n'avait pas bougé. Pourquoi ? Depuis combien de temps ?

Luke s'affola. Toutes sortes d'images l'assaillirent, plus alarmantes les unes que les autres. Elle avait peut-être eu une insolation. On l'avait agressée…

Arrête. Il devenait irrationnel. En tout cas, il fallait la rejoindre au plus vite.

S'il lui arrivait quelque chose… Il ferma les paupières. Non seulement il ne se le pardonnerait pas, mais cela l'achèverait.

15.

— Coup de chaleur, diagnostiqua le médecin en retirant ses gants.

En dépit de l'injection intraveineuse qu'elle venait de recevoir, Kemi éprouvait une fatigue abominable, doublée d'une migraine atroce. Elle se détourna pour se soustraire au regard inquiet de Luke, qui marmonnait des reproches incessants sur son imprévoyance.

Il l'avait retrouvée sur la plage, épuisée par sa longue marche, transpirant abondamment et trop faible pour aller acheter de l'eau et des fruits. Elle avait parcouru des kilomètres sous un soleil ardent, avec une folle imprudence.

Elle s'en sortait bien. Une insolation avait parfois des conséquences très graves.

— Le bébé va bien. Il faut prendre soin de la maman, d'accord ?

Kemi hocha la tête. Le médecin versa un sachet d'électrolytes dans un grand verre d'eau et le posa sur la table de chevet.

— Elle doit garder le lit, recommanda-t-il à Luke. Pas de téléphone ni d'ordinateur. Juste un bon vieux film pour se changer les idées. Elle se lève seulement pour aller aux toilettes et reste au frais dans la chambre climatisée. C'est compris ?

Après son départ, un lourd silence tomba. Kemi se

concentra sur sa respiration. Sinon, elle aurait éclaté en sanglots.

— Kemi.

Pour toute réponse, elle remonta le drap sur ses épaules. Luke soupira et s'allongea sur le lit tout habillé. Son parfum sentait le pin et le citron vert. Elle se recroquevilla.

— Ton eau de toilette me donne mal au cœur, dit-elle d'une voix étranglée, qui sonnait faux à ses propres oreilles.

Il finit par la laisser. Trop fatiguée pour pleurer, Kemi demeura tristement les yeux dans le vague jusqu'au crépuscule.

Luke revint à la nuit tombée, en short et torse nu, probablement après s'être baigné dans la piscine. Il lui tendit un grand verre de tonic avec des morceaux de fruits frais, puis s'installa à côté d'elle avec une pile de photos.

Elles montraient un petit garçon très brun, souriant, aux joues rebondies, qui était le portrait vivant de Luke.

Manifestement, ce dernier déployait des efforts considérables pour faire oublier l'incident du matin. Mais était-il *sincère* ? Réprimant sa première impulsion de réclamer un récit complet de la tragédie, Kemi contint sa curiosité et lui rendit les photos.

— Il était beau, murmura-t-elle.

— C'est demain l'anniversaire de sa mort, dit Luke. Généralement, je vais au cimetière le matin. Il est enterré tout près d'ici.

Encore une chose qu'il lui avait cachée jusqu'à ce que sa fuite lui force la main et l'oblige à se dévoiler. Elle ferma les paupières pour s'empêcher de réagir impulsivement. Elle avait suffisamment provoqué de drames aujourd'hui.

— Je suis désolée, Luke. Je l'ignorais.

Surpris par son ton tranquille et résigné, Luke la scruta attentivement.

— Tout va bien ?

— Je suis très fatiguée.

Elle inspira profondément. Le deuxième enfant de Luke serait épargné, se promit-elle. Elle ne lui infligerait pas de vivre auprès d'un père prisonnier de son passé. Mariée, indépendante et titulaire d'un passeport en règle, elle était désormais libre de circuler librement. Rien ne l'obligeait à s'éterniser dans cette maison à espérer un amour illusoire.

Pars.

Son ange gardien lui soufflait à l'oreille le seul conseil raisonnable. Mais elle devait auparavant s'expliquer avec lui.

— Luke… Je ne peux pas rester. C'est au-dessus de mes forces.

— Kemi…

— Quoi qu'il advienne, je garderai le bébé. Ne t'inquiète pas pour moi.

Une expression douloureuse se peignit sur le visage de Luke.

— Je me fais tout de même du souci… Ecoute-moi. Mon fils est mort dans mes bras. Il était très malade, on ne pouvait plus rien pour lui. Tu sais déjà tout cela… Ce souvenir horrible ne m'a jamais quitté et continuera à me hanter sans répit. Il gâchera irrémédiablement toutes mes tentatives de renouer avec une vie normale.

— Luke…

— Non. Non, princesse…

Il l'embrassa, avec rudesse, comme pour forcer son attention.

— Ne te crois pas fautive. Tu mérites d'être aimée par quelqu'un de bien. Après la mort de mon fils, j'étais une véritable épave, tellement immergé dans mon propre chagrin que j'ai été incapable d'aider Ebi. Je l'ai même repoussée, un comportement bien cruel envers une femme que je prétendais aimer !

Très ému, il dut s'interrompre.

— Je suis incapable de t'offrir l'amour dont tu es digne.

Je ne suis même pas certain d'être assez fort pour aller de l'avant.

Kemi ouvrit la bouche pour parler, mais il poursuivit avec une détermination farouche.

— Je suis encore convalescent, Kemi. Je ne sais même pas si je guérirai un jour. Cela m'a rendu très égocentrique. Je te repousse pour ne pas te faire souffrir. J'ai peur de ne pas vous rendre heureux, toi et notre enfant. Je risque de vous faire du mal parce que mes cicatrices sont toujours à vif, ma chérie.

Ce mot tendre qui lui avait échappé semblait si naturel, dans sa bouche, qu'elle le savoura un instant sans rien dire. Puis elle s'éclaircit la voix.

— Luke…

— Kemi, je ne te demande pas…

— Non, écoute-moi.

Elle releva la manche de sa chemise de nuit sur son bras.

— Regarde, Luke. J'ai eu mal pendant très longtemps, à cause de cette blessure par balle. La douleur se rappelle encore à moi de temps à autre. Mais après de nombreuses séances de rééducation j'ai presque tout récupéré. C'est pareil pour toi, Luke. Tu as souffert, mais ce n'est pas irréparable.

Une lueur brilla dans les yeux de Luke, trop fugacement.

Déçue, Kemi se renfonça dans ses oreillers. Pourquoi ne parvenait-elle pas à tisser un lien plus profond avec cet homme qui prenait si tendrement soin de son corps ? Qui jugulait ses peurs et l'aidait à surmonter le traumatisme de son adolescence…

Ne courrait-elle pas à l'échec en restant aux Seychelles avec lui ?

— Qu'y a-t-il ? demanda Luke, qui lisait dans ses pensées.

— Je ne veux pas vivre avec un homme qui ne m'aimera jamais.

Soulagée d'avoir formulé sa pensée à voix haute, elle reprit le contrôle de la situation. Malgré la supériorité physique et financière de Luke, elle gardait la maîtrise de ses émotions. Elle souhaitait avant tout être honnête.

— J'ai réfléchi à ce que je veux faire, dit-elle. J'aimerais reprendre des études. M'inscrire en master dès septembre, en cybersécurité ou engineering. J'étais très bonne en maths au lycée et à la fac.

— Pendant ta grossesse ? demanda Luke, le regard sombre, indéchiffrable.

— Nous sommes au XXIe siècle, Luke. Je te suis infiniment reconnaissante de tout ce que tu fais pour moi, mais je ne peux pas vivre sous ton toit et dépendre de tes largesses sans rien connaître de toi et ta vie, ou si peu… De toute manière, nous étions d'accord pour divorcer tôt ou tard. Tant qu'à être des étrangers l'un pour l'autre, autant vivre séparément dès maintenant.

— Tu le penses vraiment ?

— Je n'ai pas le choix.

Luke tendit la main vers son visage, mais se ravisa et la posa sur le drap. Kemi se remémora alors la dernière fois qu'ils s'étaient aimés dans ce lit. La tête enfouie entre ses cuisses, Luke l'avait adjurée de le regarder, avec une telle insistance qu'elle en avait encore le rouge au front. Même si elle contrôlait ses paroles et ses actes, son corps ne lui appartenait plus totalement…

— Kemi, murmura Luke avec ce curieux mélange de désir et de circonspection qui le caractérisait.

— Tu ne t'intéresses pas vraiment à moi, dit-elle. Tu t'obstines à garder tes distances. Le jour où j'ai stupidement accepté de monter dans ta chambre d'hôtel, j'aurais mieux fait de rentrer chez moi.

— Oui, acquiesça Luke à regret.

Elle refusa de montrer combien elle était blessée.

— Je voudrais partir demain.

— D'accord.

Après un silence, Luke tendit la main vers son ventre.

— Je peux ?

Elle hocha la tête tristement et Luke dit au revoir à son enfant. Puis, avec sa tendresse coutumière, il embrassa doucement Kemi, sur les paupières, le front, les joues, et enfin la bouche.

Un adieu plein de délicatesse de la part de cet homme qu'elle avait épousé par obligation et dont elle avait espéré bien davantage. La nuit de leur rencontre, elle l'avait suivi aveuglément parce qu'il lui inspirait confiance, parce qu'elle croyait qu'il comblerait le vide de son cœur.

Profite de l'occasion. Libère-toi.

Il était temps de suivre le conseil de Luke.

16.

Le lendemain à l'aube, Luke installa sa jeune épouse aux traits tirés dans la voiture qui la conduirait à l'aéroport. De là, un vol intercontinental l'emmènerait vers les côtes rocheuses et les ciels bleu saphir de Martha's Vineyard. Lui se retrouverait seul. C'était comme si on éteignait les lumières dans la maison, mais un parfum de lys s'attarderait obstinément dans son lit, dans l'air, jusque sur sa peau.

— Kings, suivez les opérations de décollage sur l'écran, et prévenez-moi par texto quand l'avion aura atteint sa vitesse de croisière.

Le vieil homme opina. En temps normal, Luke s'en serait chargé lui-même, mais ce jour-là il ne le pouvait pas.

Après un petit déjeuner en solitaire, il nagea longtemps. Un peu plus calme, il s'habilla sobrement de gris, monta en voiture et quitta le domaine.

Le cimetière de All Saints' Church était situé en bordure de la ville de Victoria. C'était là que reposait Patrick, dans un silence paisible. Luke rendait toujours visite à son fils fin avril pour son anniversaire, avant de repartir au Nigeria. Comme d'habitude, une angoisse sourde l'oppressait. Mais la crise atteindrait son pic douloureux plus tard, quand il serait seul.

Il ne manquait jamais ce rendez-vous, comme si ce rituel avait le pouvoir d'alléger sa culpabilité…

Perdu dans ses réflexions moroses, il aperçut brusquement une silhouette qui s'éloignait en hâte vers la grille. Il reconnut immédiatement Kemi.

Que faisait-elle ici ?

Il s'élança.

— Kemi !

Courbant les épaules, elle pressa le pas malgré ses hauts talons. Il la rattrapa en quelques enjambées et la prit par les épaules.

Elle était moite de transpiration et respirait avec difficulté.

— Lâche-moi ! s'écria-t-elle en se dégageant.

— Que fais-tu ici ? insista Luke, le cœur battant à tout rompre. *Que fais-tu ici ?*

Elle écarquilla de grands yeux effrayés. Il n'était plus lui-même. Il n'arrivait pas à se calmer.

Elle est ici. Une violente émotion l'étreignait, qu'il avait du mal à nommer. De la *joie* ?

— Tu devrais être au-dessus de l'océan Indien, chuchota-t-il.

— Luke…

— Je ne comprends pas.

Il était bouleversé et complètement impuissant à le cacher.

D'ailleurs, pour la première fois, il n'avait pas la moindre envie de dissimuler ce qu'il ressentait. La compassion de sa femme avait brusquement abattu toutes ses défenses.

— Kemi, répéta-t-il, incapable de rien dire d'autre.

Elle pleurait, maintenant, les mains sur son ventre. Elle était enceinte de *leur* enfant, pensa-t-il dans un éclair de lucidité. Comme elle était belle !

— Merci, ajouta-t-il faiblement.

Pourquoi n'avait-il jamais exprimé sa gratitude ? Pour sa franchise sans faille et sa main tendue, à chaque instant. Elle avait même proposé son amitié alors qu'il s'entêtait à refuser son amour. Il se remémora leur union charnelle, sur le sable blanc. Quelle merveilleuse harmonie ! Avec sa générosité incroyable, Kemi lui offrait un cadeau inespéré, qu'il avait pourtant repoussé par pur égoïsme.

Kemi inspira bruyamment en secouant la tête. Ses tresses ramassées en chignon retombèrent sur ses épaules tandis qu'elle tendait les bras et ouvrait ses mains, remplies de petites roses blanches et de violettes africaines.

— Prends-les, murmura-t-elle d'une voix étranglée.

— Kemi...

— Elles sont pour Patrick. Je ne pouvais pas te laisser seul aujourd'hui, après tout ce que tu as fait pour moi. J'ai eu tort de me mettre en colère. Excuse-moi. Je te promets de partir demain. Je...

Elle s'interrompit, submergée par l'émotion.

— Pourquoi prends-tu tellement les choses à cœur ? demanda Luke en s'approchant.

Il sortit un mouchoir de sa poche et tamponna ses joues humides. Elle soupira un peu, puis appuya le front contre le sien.

— Parce que je t'aime, chuchota-t-elle. Je te le dis sans honte. Je suis même soulagée de te faire cet aveu.

Le nœud qui serrait la gorge de Luke devint encore plus douloureux.

— Kemi...

— Je partage ta peine pour Patrick. Je sais combien il te manque. Tu te sens coupable et je n'ai pas les mots pour t'apaiser.

Quand elle frotta son visage contre le sien, l'émotion fut presque insupportable.

Elle hésita.

— J'ai longtemps cru que je ne pardonnerais jamais à mes ravisseurs d'avoir gâché ma jeunesse. Finalement je l'ai fait. Le pardon est un don du ciel, pas pour les autres mais pour soi-même, pour s'autoriser à oublier et aller de l'avant. Il faut te pardonner, Luke. Je t'en prie, même si je ne dois jamais te revoir...

Il faut te pardonner.

Les mots transpercèrent le chagrin qui embrumait l'esprit

de Luke et l'enveloppèrent d'une douceur bienfaisante. Depuis quand ne s'était-il pas laissé aller à la bonté ? Il rejetait systématiquement toutes les marques de sympathie.

— Je ne le mérite pas, dit-il d'une voix rauque, méconnaissable.

Kemi avait fait naître en lui des émotions dont il ne se croyait plus capable, depuis le premier soir, dans ce night-club improbable où ils s'étaient rencontrés. Dès qu'il l'avait vue, une alchimie mystérieuse l'avait inexorablement poussé vers elle.

Un tsunami menaçait de l'engloutir. Allait-il résister ?

Luke l'étreignit très fort et elle sentit sa joue humide.

— Princesse, chuchota-t-il sur un ton implorant. *Princesse.*

Elle l'enlaça par le cou et se pressa contre lui.

— Parle-moi, dit-elle en prenant son visage entre ses paumes.

Ce fut là, à quelques mètres de l'endroit où son fils était enterré, qu'il se livra enfin.

— Il n'était pas prévu qu'elle tombe enceinte.

Il s'efforçait de garder un ton neutre, mais l'angoisse sourdait dans sa voix.

— Nous devions faire une FIV, mais à la suite d'une négligence inexcusable…

— Je sais, Luke.

Il lui avait déjà raconté tout cela. Sans doute avait-il besoin de le redire, comme elle l'avait fait avec son traumatisme, jusqu'à ce que le souvenir desserre son emprise. Il avait les mains moites et son cœur battait si fort qu'elle prit peur.

Poussé par une force irrépressible, il poursuivit.

— Il a contracté une forme très aiguë de la maladie. Naturellement, il a bénéficié des meilleurs traitements, mais les crises étaient terribles. Il se recroquevillait sur lui-même avec des contractions violentes dans les bras et les jambes…

Kemi retint son souffle.

— J'ai été presque soulagé quand il est mort, Kemi. *Soulagé*. La dernière crise a été si effroyable…

Il s'interrompit. Kemi n'avait jamais vu une expression aussi bouleversée sur le visage d'un homme.

— Je suis désolée, dit-elle simplement, les joues ruisselantes de larmes.

Il essaya de se calmer, mais elle pensa qu'il avait tort de se renfermer. Maintenant qu'il s'était dévoilé, elle avait découvert le véritable Luke.

Il n'était pas incapable d'amour. Non, il avait trop aimé, au contraire.

Elle l'enlaça par la taille. Pour une fois, il ne la repoussa pas mais la serra contre lui.

— J'ai envie que tu sois heureuse, murmura-t-il avec une humilité nouvelle. Mais je ne sais pas comment surmonter mon passé, ni comment en parler.

— Tu viens de le faire.

— C'est vrai, admit-il avec un rire cassé. La guérison sera longue et difficile, Kemi. Je me suis coupé de tous mes amis, par égoïsme. Cela me paraissait plus simple…

— D'être seul ?

— Resterais-tu avec moi sans garanties, Kemi ? Ce n'est pas très engageant. Tu survivras beaucoup mieux sans moi…

Avec une expression farouche sur le visage, il se pencha pour déposer un baiser sur son front.

— Je suis fier de toi. J'espère que tu l'es aussi.

Son sourire, d'une grande douceur, la ragaillardit.

— Nous allons le voir ensemble ? chuchota-t-elle.

Il ouvrit la bouche pour protester, puis se ravisa et hocha la tête.

Quand ils quittèrent le cimetière main dans la main, Kemi avait appris une foule de choses sur Patrick. Il était petit et maigrichon, avec de grands yeux marron, et était souvent couvert de bosses et d'égratignures.

— Je préférerais dire qu'il était adorable, mais c'était un vrai chenapan. Plein de vie et d'entrain, il courait et grimpait partout et faisait beaucoup de bêtises. De le voir si malade…

— Je comprends.

Assis à une terrasse de café, ils buvaient du thé en continuant tranquillement leur conversation. Luke n'avait jamais été aussi proche d'elle. Ses confidences l'avaient libéré. Plus sereine, Kemi se posait néanmoins la question de l'avenir immédiat.

— Où en sommes-nous ?

Luke ne parut pas surpris. Une lueur nouvelle brillait dans ses yeux, différente du désir physique. Il ne se cachait plus et n'avait plus peur du regard de Kemi.

Serait-ce suffisant pour prolonger un mariage auquel ils avaient décidé précédemment de mettre un terme ?

La voix de Luke interrompit le cours de ses pensées.

— Je ne sais pas. Mais je voudrais rentrer chez nous.

Chez nous.

Sans oser en demander davantage, elle se leva et le suivit jusqu'à la voiture.

17.

Trop épuisé moralement pour penser au sexe, Luke avait pourtant follement envie de sa femme. Quand elle sortit de la salle de bains dans un nuage de menthe et d'eucalyptus, il la serra tendrement dans ses bras en caressant la courbe de son ventre. Il voulait simplement explorer son corps avec douceur, pas davantage.

Sa voix s'éleva brusquement dans le silence paisible de la chambre.

— Je devrais sans doute parler à quelqu'un.

Kemi se blottit tout contre lui.

— Agnes ?

Il cilla. L'idée ne l'enchantait guère, mais au moins elle connaissait toute l'histoire.

— Probablement.

Kemi se redressa et s'assit. Instinctivement, il tendit la main vers elle. Il avait besoin de sentir son odeur, de toucher sa peau. Ces dernières semaines, sa présence lui était devenue nécessaire, comme une addiction.

— Je ne peux rien te promettre, reprit-il en l'enlaçant par la taille. Mais je veux…

— Quoi ?

T'aimer. Être avec toi.

Il se pencha pour chuchoter les mots au creux de son oreille. S'il les disait tout haut, le mauvais sort risquait de s'acharner de nouveau contre lui.

— Si cela se passe mal…
— Il n'y a aucune raison.
— Ne sois pas trop optimiste.
Il hésita quelques secondes.
— Je suis terrifié, avoua-t-il. Je t'aime, Kemi. Mais…
— Moi aussi, j'ai très peur, répliqua Kemi. Mais je t'offre mon amour en cadeau, que tu y répondes ou pas, quoi qu'il advienne par la suite.

Les yeux de Luke recommencèrent à picoter. Mais une fois suffisait dans la journée. Il se gratta la gorge. Le plus grand combat était à venir. Au matin, quand il se réveillerait en se souvenant de ce qu'il avait fait, il aurait sûrement envie de s'enfuir en courant. Il faudrait lutter, résister…

Je t'offre mon amour en cadeau. Kemi n'avait jamais rien demandé en échange. Réussirait-il à vaincre ses peurs ? L'amour de Kemi irradiait une telle force que toutes ses défenses étaient tombées, une à une. Elle n'exigeait rien en retour.

Kemi soupira entre ses bras. Elle s'était endormie sans qu'il s'en rende compte. Il se serra contre elle.

Tout se passera bien.

Pour la première fois depuis des années, il s'autorisa à y croire. Pour le moment. Le reste prendrait du temps. Mais si les moments se succédaient sans heurt les uns aux autres…

Peut-être que tout irait bien.

Peut-être.

Quand Kemi s'éveilla le lendemain, Luke la tenait contre lui dans une attitude protectrice. Les yeux mi-clos, il lui adressa un sourire hésitant.

— Bonjour, dit-il doucement.

Chavirée par l'émotion, elle se mit à trembler.

— Qu'y a-t-il ?
— Je crois que le bébé a bougé.

— Vraiment ?

Aussitôt, il mit la main sur son ventre. À ce stade, c'était pourtant impossible. Il ne sentirait rien avant plusieurs mois.

— C'est beaucoup trop tôt, dit-il en riant.

— Oui, tu as sans doute raison.

Mais comme c'était bon, ces caresses sur sa peau ! Elle serra très fort les doigts de Luke.

Épilogue

Tu as choisi la joie, se dit Luke en arrangeant les plis de son *agbada* sur ses épaules. Assise à sa droite, Kemi resplendissait malgré la fatigue de son accouchement récent. Heureusement, la cérémonie du baptême touchait à sa fin. Bientôt, elle se retirerait dans la grande chambre de leur appartement d'Abuja pour se reposer. Tante Tobi serait ravie de prendre le relais pour pouponner.

— C'est bientôt fini, chuchota-t-il à son oreille, en l'effleurant d'un doux baiser.

Ils frissonnèrent tous les deux. Luke modérait ses ardeurs le plus possible. Il était devenu complètement dépendant d'elle. Il s'assagirait certainement avec le temps. Mais pour l'instant la passion le dévorait.

— Vivez pleinement cet amour, avait conseillé Agnes à la fin de la première séance de psychothérapie. Savourez les bons moments. Profitez l'un de l'autre. Construisez l'avenir dans la joie en vous libérant du passé.

Kemi avait donné naissance à Ayodele Ibru sept jours plus tôt, exactement. *Son fils.*

Le nom du petit garçon signifiait *joie*. Dans les bras de sa femme, le bébé symbolisait le renouveau extraordinaire et inespéré de son existence. Luke avait retrouvé la liberté d'aimer, non pour remplacer ce qui avait été, mais pour s'ouvrir à de longues années de bonheur avec Kemi. Il se réjouissait de la découvrir un peu plus chaque jour. Elle s'était magnifiquement épanouie pendant sa grossesse, avait repris des études et commencé à travailler sur un projet destiné à renforcer la sécurité des femmes au Nigeria. Elle gagnait en force et en assurance.

Oui, la joie était venue, pour eux deux. Ils l'avaient choisie ensemble. L'avenir réservait le meilleur à la famille que Luke formait désormais avec sa princesse et son fils de sang royal.

Vous avez aimé *Un bébé royal* ?
Découvrez le prochain roman de Jadesola James
dès le mois d'avril dans votre collection Azur !

Retrouvez prochainement,
dans votre collection

AZUR

Le diamant d'un Italien, de Julia James - N°4576

« Si vous devenez mon épouse pendant douze mois, je rembourserai votre dette. » Soulagée de voir ses problèmes financiers s'évanouir, Lana accepte l'incroyable demande en mariage de Salvatore Luchesi, le sublime Italien qu'elle vient de rencontrer. Mais très vite elle déchante. Survivra-t-elle à cette union platonique, alors que son corps s'embrase tout entier au côté de Salvatore ? Surtout, supportera-t-elle le jour où leur accord prendra fin et où elle devra renoncer à cet homme hors du commun ?

L'indomptable fiancée, de Louise Fuller - N°4577

Fils illégitime, Achileas Kane est la preuve vivante que les liens du mariage n'ont rien de sacré. Hélas, il doit aujourd'hui se marier s'il veut toucher son héritage ! Refusant de convoler avec l'une de ses prétendantes trop envahissantes, il préfère se tourner vers l'indomptable Effie Price. La jeune femme de chambre, qui travaille dans le palace où il séjourne, n'est-elle pas la candidate parfaite ? Loin de tomber en pâmoison devant lui, elle est la première à lui tenir tête ! Et pour Achileas elle représente un irrésistible défi…

Les mariés de Rio, d'Abby Green - N°4578

En épousant Caio Salazar de Barros, Ana savait à quoi s'en tenir. Leur union de convenance devait prendre fin un an plus tard, une fois la réputation de Caio rétablie et l'avenir d'Ana assuré. Seulement voilà, maintenant que l'échéance est arrivée à son terme, Ana se voit contrainte de passer une ultime journée en compagnie de son troublant époux. Vingt-quatre heures qui pourraient bien tout changer quand, libérés du contrat qui les a liés, Ana et Caio laissent libre cours à une passion aussi inattendue que dévorante…

Liée à Constantin Silvera,
de Jackie Ashenden - N°4579

J'ai commis l'erreur de tomber amoureuse d'un homme inaccessible. Les sentiments que je nourrissais, enfant, pour Constantin Silvera, n'ont fait que grandir au fil des ans. Jusqu'à cette nuit époustouflante que nous avons passée ensemble il y a trois mois… Depuis, tout a changé entre nous. Notre amitié a volé en éclats, tandis que mon amant me rejetait cruellement. Quant à ma vie, elle a pris un tournant inattendu, car me voilà enceinte de Constantin…

Si proche de l'ennemi, de Dani Collins - N°4580

Pour sauver l'entreprise à laquelle elle a tant donné, Ilona s'apprête à épouser l'homme qui veut ruiner sa famille ! En effet, c'est bien connu, mieux vaut garder proches ses ennemis... Et puis, même s'il est cynique et arrogant, Léandre Vasilou pourrait lui apporter l'indépendance à laquelle elle aspire depuis si longtemps. Seul problème : alors qu'Ilona voudrait pouvoir haïr Léandre, et le tenir à distance, son traître de cœur bat furieusement pour lui. Au point qu'elle rêve de voir leur union de convenance se transformer en mariage d'amour...

Promise à un comte, de Nina Milne - N°4581

Parce qu'elle a commis l'impardonnable erreur d'être née fille, Adriana est le mouton noir de la famille. C'est bien simple, son père, lord Salvington, ne la supporte pas ! Mais le jour où leur domaine menace d'être perdu Adriana oublie toute rancœur pour accomplir ce qu'elle sait être son devoir. En proposant à Rob Wilmington, le mystérieux comte de Darrow, de l'épouser, elle scelle bientôt une alliance capable de sauver l'héritage familial...

Un fantasme pour patron, de Lucy King - N°4582

Elle s'est endormie... dans le lit de son patron ! Réveillée en sursaut par la voix furieuse de Duarte de Castro, Orla peine à reprendre ses esprits. Comment expliquer à cet homme intransigeant qu'elle s'est écroulée de fatigue, alors qu'elle préparait la Casa do São Romão en vue de l'arrivée de son propriétaire ? Comment lui révéler qu'elle rêvait de lui au moment même où il surgissait, plus sexy encore que dans ses fantasmes ?

La beauté de Svardia, de Pippa Roscoe - N°4583

SÉRIE : *LE ROYAUME DE SVARDIA* - 3/3

Quatre mois plus tôt, Aleksander est monté sur le trône de Svardia, le royaume de Scandinavie. Une responsabilité à laquelle il était préparé, ou presque. S'il est résolu à transformer son pays en une nation prospère et tournée vers le progrès, l'idée de produire un héritier lui paraît une tâche ardue. En effet, comment s'allier à l'une des femmes insipides qu'on lui présente comme des partenaires idéales, quand son cœur ne bat que pour l'innocente Henna, qu'il n'a pourtant pas le droit de faire reine ?

La princesse du Kansas, de Caitlin Crews - N°4584

SÉRIE : *ROYALEMENT SCANDALEUSE* - 1/2

Delaney travaille dur pour garder à flot la ferme familiale, isolée au milieu des Grandes Plaines du Kansas. Quelle n'est pas sa surprise de voir débarquer un matin un convoi de luxueux SUV, d'où émerge bientôt un homme fascinant… Charismatique et beau comme un dieu, Cayetano Arcieri a une révélation à lui faire : Delaney est une princesse, l'héritière perdue de la Couronne d'Île d'Montagne ! Et s'il est là aujourd'hui c'est pour la ramener dans leur pays, au large de la Méditerranée, où elle deviendra bientôt sa reine…

Amber et le prince rebelle, d'Ally Blake - N°4585

Trahi le jour de ses noces, le prince Hugo fuit en Australie, incognito. Là, il rencontre Amber, une jeune femme dont la liberté de penser et la joie de vivre lui offrent un précieux réconfort. Dans ses bras, il oublie pendant un moment son pays, son devoir… jusqu'à ce que la réalité le rattrape. Quand Amber se découvre enceinte de lui, Hugo n'a d'autre choix que de lui révéler sa véritable identité, tout en sachant que celle qui fait battre son cœur n'a rien de la princesse à laquelle il est supposé lier son existence…

Un époux à convaincre, d'Anne McAllister - N°4586

Elle était mariée… avec Dominic Wolfe. S'il n'avait pas été là, près d'elle, dans ce lit qui était maintenant le leur à New York, Sierra ne l'aurait pas cru. Car tous deux n'ont rien en commun, si ce n'est cette incroyable entente charnelle. Dans l'intimité, Dominic n'est plus l'homme d'affaires au costume impeccable, et elle la coiffeuse excentrique. Dans le secret de la chambre à coucher, ils sont simplement un homme et une femme en proie au même désir irrépressible. Hélas ! la passion ne dure pas. Et si Sierra rêve que Dominic partage un jour ses sentiments elle sait aussi qu'il s'est juré de ne plus aimer, et qu'il faudra bien davantage que des corps-à-corps torrides pour transformer leur mariage d'intérêt en une véritable union…